Os últimos dias de Stefan Zweig

LAURENT
SEKSIK

Os últimos dias de Stefan Zweig

Tradução de Gilson B. Soares

GRYPHUS

Rio de Janeiro

"*Cet ouvrage a bénéficié du soutien des Programmes d'aide à la publication de l'Institut français.*"

Título original
Les derniers jours de Stefan Zweig

Editoração eletrônica
Rejane Megale

Revisão
Vera Villar

Capa
Axel Sande – Gabinete de Artes (axel@gabinetedeartes.com.br)

Adequado ao novo acordo ortográfico da língua portuguesa

CIP-BRASIL. CATALOGAÇÃO-NA-FONTE

SINDICATO NACIONAL DOS EDITORES DE LIVROS, RJ

S465u

Seksik, Laurent
Os últimos dias de Stefan Zweig / Laurent Seksik ; tradução Gilson B. Soares. - 1. ed. - Rio de Janeiro : Gryphus ; França : Institut Français, 2015.
130 p. : il.

Tradução de: Les Dermiers Jovrs de Stefan Sweig
Inclui bibliografia
ISBN 978-85-8311-023-1

1. Sweig, Stefan, 1881-1942. 2. Escritores austríacos - Biografia. I. Soares, Gilson B. II. Título.

14-13720 CDD: 928.31
CDU: 929:821.112.2

GRYPHUS EDITORA
Rua Major Rubens Vaz 456 — Gávea — 22470-070
Rio de Janeiro — RJ — Tel.: (0XX21) 2533-2508
www.gryphus.com.br — e-mail: gryphus@gryphus.com.br

SETEMBRO

Ele lançou um olhar para a mala de couro bege pousada no corredor ao lado do resto da bagagem. Girou a cabeça na direção da Sra. Banfield, esta querida Margarida Banfield, e estendeu o braço para pegar o copo d'água que lhe oferecia. Agradeceu e bebeu de um só gole. Declinou do convite para visitar a casa, que já conhecia bem. Havia adorado cada um dos três minúsculos cômodos, o mobiliário simples e rústico, o canto estridente e apaixonado dos pássaros lá fora. A algumas dezenas de quilômetros ao sul, o Corcovado e o Pão de Açúcar assomavam como monólitos acima das ilhas que se elevavam do mar – paisagens que ocupavam um lugar de destaque no coração do mundo.

Adeus à névoa que envolvia os cumes dos Alpes, aos crepúsculos frios e imóveis que pousavam sobre o Danúbio, ao fausto dos hotéis de Viena, aos passeios ao anoitecer sob as altas castanheiras do jardim Waldstein, ao desfile de belas mulheres em seus vestidos de seda, às paradas à luz de archotes de homens vestidos de preto, ávidos de sangue e carne dos mortos. Petrópolis seria o lugar de todos os recomeços, sítio das origens, semelhante àquele onde o homem do pó nascia e ao pó retornava, o mundo primitivo, inexplorado e virgem, garantido pela ordem e certezas, jardim de um tempo onde a primavera reina eternamente.

Ele ficou parado diante da mala, numa espécie de calma hipnótica, ali acorrentado como se por encantamento. Este era o primeiro instante de tranquilidade depois de meses. Procurou no fundo do bolso interno do paletó pela chave da mala, chave que sempre havia conservado consigo e que a roçava às vezes com a ponta dos dedos, como um talismã precioso – em meio a uma multidão apressada, sobre a plataforma de uma estação ou o píer de um porto, à espera de um trem ou de um navio, cuja chegada era marcada pela incerteza. A cada vez a magia funcionava. O contato da chave conduzia-o ao passado. Uma carícia sobre o metal frio oferecia uma volta de charrete em torno do Ring, uma poltrona para uma estreia no Burgtheater, a companhia de Schnitzler no restaurante Meissl & Schadn, uma conversa com Rilke na cervejaria da Nollendorfplatz.

Esse tempo não voltará. Nunca mais os passeios sobre a ponte Elisabeth, as caminhadas na Grande Alameda do Prater, o brilho dos dourados do palácio de Schönbrunn, nem o longo pôr do sol avermelhado sobre as margens do Danúbio. A noite havia caído para sempre.

Girou a chave na fechadura. Da bagagem aberta emanava uma espécie de claridade pura. O dia levantava-se mais uma vez sobre aquele canto do Brasil. Seu espírito, depois de longo tempo, entorpecido em um sono sem sonhos, foi engolfado por uma calma euforia, ao mesmo tempo em que seu coração se pôs a bater de modo retumbante. Seu coração voltava a bater.

Sentiu uma presença atrás de si, acreditou perceber um suspiro. Voltou-se, convencido de que Lotte estava ali, observando a cena, um momento de paz na tormenta, serena, imóvel, sabendo partilhar a solenidade do momento, da mesma maneira, calma e nada fatalista, que ela havia conseguido nos dias e semanas de infinito terror na sua fuga, sempre em movimento, à espera incerta dos vistos, filas intermináveis de rostos em lágrimas e súplicas em vão.

Não existe mais asilo seguro nem endereço fixo para alguém residir. A vida tornou-se uma migração eterna, o êxodo imemorial.

Ele a contemplou. E diante da graça que seu rosto transmitia, perguntou-se que direito tinha de deixar que se desbotasse o brilho do seu olhar, de fazer dessa juventude uma beleza perdida.

A viagem jamais chegava ao fim.

A Sra. Banfield havia preparado um chá, desejaria ele uma xícara? Fez que não com a cabeça, mas sua recusa desta vez não tinha nada da frágil recusa com que costumava declinar do menor oferecimento. Foi um não impaciente e febril, porém prometedor.

Haviam finalmente encontrado um lugar onde pousar suas bagagens, nesta primavera de 1941. Durante várias semanas, a partir dali, veriam o sol se pôr do mesmo lugar. Poderiam colocar no verso das cartas que escreviam aos amigos um endereço onde receber a correspondência, um simples endereço - Rua Gonçalves Dias, 34, Petrópolis, RJ, Brasil - coisa que nunca mais tiveram depois de Londres. Mas haviam se cansado de Londres.

Lotte começou a falar com ele, com sua voz doce que a doença, em certos dias, tornava ofegante - aquela asma incurável, agravada pelas viagens e que a deixava, às vezes, à beira da sufocação. Nessa manhã, porém, sua voz não denunciava nenhuma doença. Ela disse, num tom calmo:

- Creio que ficaremos bem. O local é excelente. Tenho certeza de que você vai se recuperar dessas viagens, voltar a escrever... Será que é aqui que voltaremos aos velhos dias?

Ele examinou o ambiente. O apartamento havia mergulhado na penumbra. À direita, um corredor estreito abria-se para um quarto de dormir quadrado com o assoalho recoberto por um velho tapete. Duas camas gêmeas, com armação de ferro, tinham sido juntadas no fundo do quarto. Sobre a mesinha de cabeceira havia uma Bíblia e um cinzeiro.

Cortinas brancas sem ornamentos pendiam de ganchos acima da janela. O quarto dava para um banheiro onde duas toalhas tinham sido penduradas junto a uma velha banheira esmaltada com pés em garra. A cozinha parecia dispor de todo o necessário. No meio da sala de jantar havia uma mesa de carvalho, bem como quatro cadeiras empalhadas, uma poltrona de couro de aparência surrada, uma estante. Algumas naturezas mortas adornavam as paredes. Era um apartamento de três cômodos. Mas o aluguel era por apenas 6 meses, pagos adiantado. Passado esse tempo, teria de fazer as malas e procurar outro lugar. Ele fez a conta nos dedos. Até março de 1942, eles seriam postos para fora. *Raus*! Eis os Zweig no olho da rua! Seis meses nesse lugar perdido no meio do nada. Um lugar de desolação luminosa. Mas tinha ele o direito de se queixar? Seus amigos, mergulhados num ambiente de sangue derramado, procuravam abrigo para a noite, mendigavam cem dólares para passar o inverno, suplicavam por um visto a alguém de prestígio. Eles tinham se tornado renegados, aqueles do Povo do Livro, aqueles da tribo dos escritores. Levando tudo isso em conta, o pequeno apartamento de Petrópolis podia ser considerado o mais suntuoso dos palácios.

Ele devia esquecer sua casa em Salzburgo, banir da memória aquele prédio majestoso em Kapuzinerberg, o antigo pavilhão de caça do século XVIII no qual a fachada fazia pensar num anexo do castelo de Neuschwanstein e onde havia brincado, quando criança, o imperador Francisco José. Esse era o lugar em que se sentia mais à vontade, atrás de suas espessas paredes, guardiãs de sua solidão, quer estivesse escrevendo ou preso pelas garras de sua depressão. Essa nobre construção onde ele havia vivido feliz.

Precisava esquecer Salzburgo. Salzburgo não existia mais, Salzburgo agora era alemã. Viena era alemã, Viena, província do Grande Reich. A Áustria não era mais um nome de país. Áustria, fantasma errante nos espíritos dispersados. Um corpo sem vida. A desumanização desenrolava-se ali na Heldenplatz, sob os vivas de um povo aclamando seu Führer. O homem que veio reviver os sonhos de grandeza, devolver o brilho e a pureza a uma Viena repleta de judeus. A Áustria tinha-se oferecido a Hitler. Viena, privada de sua magia, nos bulevares de cristal onde se abriam todos os corações, chafurdava na lama, era consumida pelos ventos do crime. Viena agora dançava num sabá de bruxas, estendia seus braços ao filho pródigo de volta a seu país natal, atravessando Braunau am Inn onde havia visto a luz do dia, agora como rei de Berlim e Kaiser da Europa, respaldado pelo cardeal Innitzer, aclamado por uma cidade em júbilo. Três anos haviam passado desde a anexação. Os testemunhos daqueles que ainda tentavam fugir se sucediam. Falavam da fome, da dor, da miséria. Do extermínio dos judeus vienenses. O espetáculo de horror que se desenrolava sobre as terras da Alemanha desfilava em acelerado sobre a pequena capital, onde ele havia vivido as horas mais ricas de sua existência.

Lojas foram saqueadas, sinagogas incendiadas. Espancavam homens na rua e velhos ortodoxos em seus cafetãs eram expostos à execração pública. Os livros tinham sido queimados – os seus, e os de Roth, de Hofmannsthal, de Heine –, as crianças judias foram expulsas das escolas, os advogados e jornalistas deportados para Dachau. Foram editadas leis que proibiam os judeus de exercer seu ofício, leis que baniam os judeus dos parques públicos e dos teatros, leis que proibiam os judeus de circular pelas ruas na maior parte das horas do dia e da noite, leis que impediam os judeus de sentar num banco de praça, que os obrigavam a se apresentar às autoridades, que lhes cancelavam a nacionalidade e extorquiam suas fortunas, leis que os expulsavam de suas casas, que confinavam as famílias judias fora dos limites da cidade.

O alemão era um povo das leis.

O drama era tramado na cidade onde ele havia nascido. "O maior assassínio em massa da história", havia profetizado. Ninguém quis acreditar nele. Diziam que estava louco. Quando fez suas malas em 1934, quatro anos antes do *Anschluss*, haviam-no tachado de covarde. Ele se havia exilado, ele, o primeiro dos vienenses, o primeiro dos muitos fugitivos. "Você sofre da psicose do exílio imaginário", dissera Friderike, sua ex-mulher. Poderia ter ficado por mais quatro anos, tal como fizera Freud, na ilusão de que todo o mal seria apenas transitório. Mas partira em 1934, depois que a polícia austríaca vasculhara sua casa à procura de um depósito de armas – armas na casa do arauto do pacifismo!

Cedo ele havia sentido o vento mudar, o vento mau que soprava da Alemanha. A raiva nos discursos, a brutalidade dos atos anunciando o Apocalipse a quem tinha os olhos abertos, quem prestava atenção nas palavras. Ele pertencia a uma raça em vias de extinção: à do "*Homo austriaco-judaicus*". Possuía o instinto das coisas, conhecia bem a História. Escrevera sobre todas as épocas, sobre

Maria Stuart e Maria Antonieta, Fouché e Bonaparte, Calvino e Erasmo. Conhecedor das tragédias do passado, era capaz de adivinhar os dramas no futuro. Essa guerra de agora não teria nada em comum com as precedentes.

Seus primos e amigos que preferiram ficar, que não deram ouvidos a nada do que lhes dissera, conheciam agora a miséria e a fome. E relatava-se que às vezes um desses banidos, num momento de destemor, faminto de ar puro, do perfume do passado, atraído pelo brilho do sol, aventurava-se pelas avenidas de Viena, descia a Alserstrasse na esperança de usufruir alguns instantes ao sol. Então, prosseguiam os relatos, os passantes reconheciam-no pelo seu ar desvairado, o pavor no seu rosto. Eles o interpelavam, reuniam uma multidão, o chamavam à ordem, a nova ordem. Alguém lhe jogava uma pedra, outro vinha esbofeteá-lo, os demais, encorajados, investiam sobre o homem, os golpes choviam, o sangue fluía, os ânimos acirravam-se. E se por acaso um SS passeando pelo Ring, subindo a Floriangasse, alertado pelo tumulto, aproximava-se da cena, então um clamor confuso elevava-se da multidão, o círculo alargava-se, um grande silêncio fazia-se. O SS sacava sua pistola e a arma cintilava sob o sol de Viena. O homem de preto apontava a pistola, mirava, uma bala zunia e a morte vinha recolher o adepto do ar puro.

Eis o que relatava um artigo de jornal vienense que lhe chegara às mãos:

"A prefeitura de Viena decidiu cortar o gás nos apartamentos ocupados pelos judeus. O número crescente de suicídios por gás nas suas habitações incomoda a população e será doravante considerado um atentado à ordem pública."

Inspirou profundamente o ar tépido que soprava o vento através da janela entreaberta. Contemplou a imensidão verdejante que se estendia além dos telhados da cidade. Seu espírito sucumbiu à doçura ambiente. Seus tormentos apaziguaram-se. Esqueceu os anos de fuga. Esqueceu os seres em sofrimento. E teve um pensamento para Lotte e para si mesmo. Um sentimento de vergonha atravessou-o ao mesmo tempo que uma impressão de bem-estar, e ele esqueceu sua vergonha. Deu um sorriso tímido para Lotte. Disse que partilhava essa sensação de paz. O que o havia cativado, desde a sua primeira visita, era a varanda sobre a qual a sala se abria e onde pairava alguma coisa de vivificante. Sentado na poltrona, sentiu uma certa familiaridade com o lugar.

Ele se inclinou sobre a mala e examinou o conteúdo – cerca de 40 obras. Os livros o tinham acompanhado desde Salzburgo. Prometera a si mesmo só fazê-los sair à luz depois que a calma tivesse voltado a seu espírito. A hora era chegada.

Tirou os livros, um por um. Lentamente, a cada um deles, contemplava a capa, percorria a borda com os dedos. A seguir, demoradamente, de maneira um tanto cômica, encostava o nariz nas páginas, sentindo o seu odor. Esses livros não tinham visto a luz desde a fuga de sua casa na Áustria. O último ambiente que haviam conhecido era o da biblioteca da casa em Kapuzinerberg. O tempo decorrido e a travessia dos continentes e oceanos não lhes haviam alterado o perfume. Ainda exalavam o odor do salão da casa de Salzburgo. Ao longo dos anos, os livros haviam-se impregnado de uma mistura de aromas: pinheiro, lenha, folhas de outono, terra molhada, fumaça de charuto, maçã, couro velho, fragrâncias femininas e de tapetes persas. Após o fervor e a solenidade com que havia aberto os primeiros volumes, ele se pôs a cheirar os demais. Inalou profundamente. As páginas mantinham todos os odores. O passado não estava morto nem enterrado. Os agentes da Gestapo haviam vasculhado a casa durante um longo tempo, esquadrinhando cada canto dos cômodos, carregaram a mobília, as pinturas dos grandes mestres, seus milhares de outros livros, mas não conseguiram capturar o odor do salão. Uma parte do passado havia escapado à ação dos profanadores. Os livros tinham preservado os perfumes da existência, ressuscitaram von Hofmannsthal fumando seu havana, o pobre Joseph Roth saboreando seu uísque, o venerado Sigmund Freud e seus odores de cachimbo. A lembrança de todos aqueles que frequentaram seu salão, Franz Werfel e Ernst Weiss, Thomas Mann e Toscanini, estava preservada. Todos esses seres mortos ou no exílio, dali em diante, subsistiam pela simples evocação de sua presença.

Quando a mala foi inteiramente esvaziada, sentiu um certo sobressalto diante da modesta quantidade de livros que havia extraído. Estendeu uma das mãos e, num gesto ridículo, apalpou o fundo da mala à procura de outras obras que seus olhos não puderam ver. Sua mão voltou vazia.

Ouviu a voz de Lotte chegando da varanda. Essa voz teve o dom de tirá-lo do acesso de desespero. Ela o havia resgatado de sua depressão desde o primeiro encontro deles em Londres, em 1934, até os primeiros dias de exílio. Elizabeth Charlotte Altmann trazia no fundo de seus olhos a promessa de uma indulgência que o curso de sua existência não reconhecia mais. Tão logo vira seu rosto, alguma coisa tornou-se muito clara. Uma graça havia caído do céu bem perto dele, quando em geral caía um raio. Hitler podia invadir a Europa, tornar-se o senhor do universo, mas ele pouco se importava. E por vezes, ainda hoje mesmo, quando nada mais surgia para curá-lo de seus humores funestos, a simples presença de sua companheira dava-lhe a esperança de que algum dia o mundo recuperaria a razão. E que ele veria esse dia chegar.

Arrumados com esmero na estante, os livros ocupavam duas prateleiras. Alguma coisa no seu alinhamento contrariava-o. Ele alcançou um livro que estava ligeiramente inclinado para arrumá-lo direito. Recuou um passo, contemplou o resultado, balançou a cabeça, alcançou outro livro e colocou-o na prateleira inferior. Deu um sorriso de aprovação, depois seu rosto anuviou-se e pegou dois livros na parte de baixo para colocá-los na de cima. Após o que, deslocou dois livros situados no meio da primeira prateleira para colocar um em cada extremidade. Em seguida, retirou outro livro, pousou-o sobre a estante para enfim recolocá-lo no mesmo lugar. Ela o observava sem pestanejar, embora com um quase imperceptível sorriso de ironia no canto dos lábios. A operação prosseguiu por uns dez minutos. A cada vez, ele dava a impressão de estar satisfeito, contemplava o resultado e depois recomeçava tudo. Dir-se-ia que jogava com a estante uma partida de xadrez em que as peças eram os livros. A partida parecia não ter fim. Existiria dentro dele um jeito ideal de arrumar os livros? Por um instante, imaginou que seu marido tinha enlouquecido. Mas absteve-se de intervir. Quem é que, naqueles dias, podia ficar em seu juízo perfeito? Logo depois, ele retirou outro livro, interrompeu-se e voltou-se sem uma palavra ou um olhar. Um profundo desamparo e uma tristeza imensa marcaram suas feições até então iluminadas pela satisfação da tarefa. Seus passos traçaram um círculo na sala, depois sua silhueta fundiu-se com a penumbra do corredor. Ela ouviu a porta do quarto fechar, o leito ranger sob o peso de um corpo. A partir daí, não ouviu mais nada.

Seus olhos fixaram-se no teto. Recordou as incontáveis obras dispostas nas paredes da casa de Salzburgo. Elas projetavam distinção, seu valor era inestimável. Sua presença exalava uma sensação de serenidade. Quando virava a cabeça e olhava pela janela da casa em Kapuzinerberg, podia ver, do outro lado da fronteira, o Ninho das Águias, em Berchtesgaden, o refúgio alpino onde vivia o homem que ameaçava a humanidade. Esses livros formavam uma espécie de escudo contra ele.

Havia a vasta legião de seus mestres literários, uma miríade de obras que cobriam paredes inteiras, todas anotadas nas páginas gastas e amareladas, obras de Tolstoi, Balzac, Dostoievski, Hölderlin, Schiller, Goethe e Kleist. No salão alinhava-se um exército de exemplares autografados de seus amigos Rilke e Schnitzler, Freud e Romain Rolland, Jacob Wassermann e Alfred Döblin, a melhor safra de escritores que a Europa Central produzira, talentos emergidos no período de entreguerras. E por fim seus próprios livros, discretamente fora de vista, mas que eram seu orgulho e alegria, sendo os únicos frutos de sua existência, os únicos filhos que havia gerado. A seguir vinham as fileiras de originais escritos a mão e datilografados. Ele havia possuído quase quatro mil deles, desde simples assinaturas rabiscadas num pedaço de papel até as cartas de Rilke e os manuscritos de Goethe. A peça mais prezada de sua coleção era o diário de Beethoven – as páginas da juventude do gênio, escritas de próprio punho, adquiridas a peso de ouro no início dos anos 1920, e que agora faziam parte do butim que a Gestapo havia recolhido em sua casa para presentear os dignitários nazistas. Sim, o manuscrito de Beethoven estava em poder de Goering! Goering que, comentava-se, admirava sua prosa, a obra do judeu Zweig. E ele imaginava Goering folheando *O medo*.

Felizmente, ele pudera salvar *Das Veilchen*, o manuscrito original da obra de Mozart. *Das Veilchen* havia atravessado o oceano com ele. Os olhos e a mão de Mozart estavam pousados nessas páginas. Quantas vezes ele assistira a recitais deste *lied*, sobre o qual tinha sido colocado um admirável texto de Goethe? Ele começou a cantarolar a letra da melodia. Era a primeira vez que cantava depois de muito tempo. A alma da velha Áustria sobrevivia neste lugar e Mozart zelava por ela.

Sua existência repousava sobre as prateleiras da estante. Sua vida estava entre aquelas tábuas. Nada restava dos livros deixados na casa de Salzburgo. As pessoas que os haviam escrito, aquelas que ainda viviam, estavam dispersas pelo mundo, fugindo para onde podiam, acuadas e miseráveis, sem fontes de renda e vazias de inspiração, não mais capazes de contar suas histórias. Quem podia começar um romance nesses tempos, tecer uma trama mais forte e dramática do que aquela que já estava sendo escrita? Hitler era o autor de insuperáveis tragédias. A literatura havia encontrado seu mestre.

Ponderava sobre a direção risível que tomava o seu destino de escritor. Agora só escrevia para ser traduzido - em inglês, graças ao bondoso Ben Huebsch da Viking Press, e em português pela editora de Abrahão Koogan. Já fazia quase uma década que as editoras alemãs não mais publicavam autores judeus, nem mesmo a Insel Verlag, a quem tinha sido sempre extremamente fiel. Ele escrevia na língua do país que o havia banido. Alguém podia ser um escritor sem ser lido na sua própria língua? Ele ainda estava vivo, mesmo não podendo mais escrever sobre a época em que vivia?

Tinha sido o autor mais lido do mundo inteiro. Mesmo estando convencido de possuir menos talento que Thomas

Mann ou que Schnitzler, que Rilke e, claro, que Joseph Roth – e nem acreditava numa palavra do que dissera Freud, que afirmava preferir sua obra à de Dostoievski. Ele estava consciente de suas limitações, impacientava-se com o esquema repetitivo de seus romances – essa técnica narrativa intercalada da qual parecia não conseguir se livrar – e do aspecto irremediavelmente trágico de seus textos, heróis e heroínas realizando seu destino através da loucura ou da morte. Havia vendido 60 milhões de exemplares. Havia sido traduzido em cerca de trinta idiomas, do russo ao chinês, passando pelo sânscrito. Suas biografias ocupavam uma seção de cada biblioteca da França, da Rússia, dos Estados Unidos e da Argentina. O público acorria para ver os filmes extraídos de suas obras. Tinha sido o libretista de Richard Strauss. Seu *Jeremias* havia sido aclamado no Burgtheater. Quinhentos teatros encenaram o seu *Volpone*. Havia proferido o discurso oficial em memória de seu amigo Rilke no Staatstheater de Munique, inaugurado a Casa de Tolstoi em Moscou, pronunciado a oração fúnebre de Freud em Londres. Tinha encorajado o início de carreira de Hermann Hesse. Sem sua ajuda, Joseph Roth, mergulhado em seu desespero, jamais teria escrito sua *Marcha de Radetzky*. Einstein, o próprio grande Einstein, havia pedido para se encontrar com ele. E guardava com carinho a lembrança desse jantar num restaurante de Berlim, em junho de 1930, quando o sábio lhe revelara possuir todos os seus livros.

Seus livros visitavam sua memória. As personagens que os habitavam, Sra. C. e o doutor B., Christine e Ferdinand, Irène, Roland e Edgard viviam no seu espírito. Ele pensava no destino derradeiro deles. Revia as fogueiras acesas nas praças de cada cidade alemã naquela noite sinistra de 10 de maio de 1933. Aquelas multidões reunidas em torno das grandes fogueiras davam a impressão de um retorno à Idade Média – o Reich que pretendia durar mil anos retrocedia outros mil anos. Quando a noite caía, ao clarão das fogueiras, numa quermesse macabra, a juventude alemã, dando vivas, lançava os livros no fogo. As chamas quase subiam ao céu, as cinzas dispersavam-se dentro da noite. Os heróis de seus romances haviam morrido calcinados.

Os passos de Lotte no corredor interromperam o curso de seus pensamentos sombrios. Poderia ele ocupar seu lugar à mesa? A Sra. Banfield mandara a cozinheira preparar-lhes uma especialidade brasileira. Lotte foi até a janela, explicou que não havia necessidade de permanecer no escuro. Ela abriu ao máximo as persianas. Uma onda de luz expandiu-se pelo cômodo. Ele disse a Lotte que a viagem abrira seu apetite. A governanta havia preparado a mesa na varanda. No céu, as costuras do dia e da noite entrelaçavam-se. O ar estava mais fresco. Lotte levantou de sua cadeira para ir buscar um xale. Depois, começaram a jantar. Com uma voz doce e velada, Lotte disse:

– Sabe, acho que enfim poderemos pendurar nas paredes as duas gravuras de Rembrandt. Elas ficarão excelentes na sala.

Juntamente com o "Mozart", ele conseguira trazer as duas pequenas gravuras assinadas pelo mestre. Suas outras telas de Rembrandt, bem como seus Klimt, Schiele, Munch, Kokoschka e seu pequeno Renoir hoje, sem dúvida, adornavam as paredes da casa de Goering. Ele contemplou lá fora a paisagem de encanto atemporal. Os espectros, que, até poucos instantes atrás assombravam seu espírito, desapareceram. O eco longínquo das marchas militares foi suplantado pelos gritos dos animais – macacos, ele supôs.

Nos últimos oito anos, desde que fugira de Salzburgo, havia procurado a paz. Em todo lugar onde pousara suas malas, o solo parecia faltar sob seus pés. A todo lugar onde ia a guerra o acompanhava. Agora esperava que ela nunca ultrapassasse aquelas colinas que o cercavam. Havia encontrado o ambiente do repouso eterno.

– Você finalmente vai poder se dedicar ao seu *Balzac*.

Ele fez que sim com a cabeça. A hora havia chegado.

Aqui, se sentia pronto. A biografia de Balzac começada em Londres deveria ser sua obra-prima. Alguma coisa de importante, de peso, que calasse as críticas em relação ao seu estilo – seus amigos, Klaus Mann, Ernst Weiss, o pranteado Ernst, jamais o haviam poupado, acusando-o de plagiário e diletante. Seu *Balzac*, contudo, lhe devolveria o respeito, seria mais meticuloso que *Maria Antonieta*, mais ambicioso que *Maria Stuart*. O livro seria um testemunho de sua força profissional, de sua vontade inquebrantável. Faria cair no esquecimento o seu medíocre e risível *Stendhal*. O *Balzac* seria sua obra-prima. O escritor era seu modelo e mestre. Sua capacidade de trabalho e sua vasta variedade de personagens fascinavam-no. Já escrevera um primeiro volume, em Londres, que contava a vida do francês. Mas queria dar outra dimensão a esse ensaio. Ambicionava um estudo exaustivo da obra, algo que abarcasse o conjunto de *A comédia humana* e que ficasse como referência. Em Londres, durante cinco anos, havia acumulado uma documentação de incrível riqueza. Infelizmente, não pudera carregá-la em sua bagagem. Milhares de fichas e anotações, sem as quais não poderia continuar seu trabalho, dormiam dentro de uma caixa em outro hemisfério. Seu amigo Ben Huebsch havia-lhe garantido que seu precioso material estava de partida de Londres em um transatlântico que em breve o descarregaria no Rio. Ele, que não era homem de rezar, logo se pôs a suplicar aos céus que o navio aportasse a salvo. O *Balzac* havia-se tornado a sua razão de viver.

– Você está enganado – disse Lotte. – Você não tem de provar mais nada, é o maior de todos. E o seu *Balzac* não é tudo. Estou aqui do seu lado. E eu não sou uma razão de viver?

Ele concordou. Sim, ela lhe importava mais que tudo. Lotte valia mais que todos os livros que havia escrito e ainda escreveria, mais que todos os romances já publicados. Ela beijou-lhe a mão, com os olhos marejados de lágrimas. Disse-lhe que não chorasse mais e ela explicou que era de alegria, de felicidade que sentia por terem chegado a um refúgio fora do alcance dos homens, só para eles dois. Talvez o destino assim o desejasse, tivesse-os colocado na rota do exílio para que se reencontrassem, longe dos juramentos bárbaros, ao abrigo das montanhas e do oceano infinito.

Ele adoraria crer no destino, pensar que essa viagem fora guiada por uma vontade superior. Mas não tinha fé em Deus. Ele experimentava a sensação de ter deixado as chaves de seu destino na fechadura da casa de Salzburgo.

***

Na manhã do segundo dia, um raio de sol atravessou as persianas e cortinas de seu quarto. Ele entreabriu as pálpebras e levantou-se de imediato, sem esperar os longos minutos que lhe eram necessários num passado que já parecia distante. A governanta, uma jovem afável que a Sra. Banfield pusera a serviço deles, preparou-lhe um café que tomou na varanda. A claridade do dia era tal que imaginou estar sonhando, ele que não sonhava mais.

Lotte acordou pouco depois. Quando apareceu na varanda, o sol lançou-lhe um raio de luz. Ela contou que fora despertada pelo canto dos pássaros. Um som que jamais ouvira em lugar nenhum, uma espécie de coro primitivo. "A sinfonia tropical", sorriu ela. Ele relembrou seu amigo Toscanini regendo *A pastoral* em Montecarlo, em 1934. Mas não se alongou nessas imagens do passado, queria romper com o passado. Petrópolis devia lavar sua memória de todas as nostalgias.

Lotte havia dormido bem. Isto se revelava no seu rosto. Até ali, os quilômetros percorridos haviam abalado sua saúde. Ao longo dos meses errantes, seu estado tinha piorado. A travessia oceânica encovara-lhe as faces, tinha afetado sua vista e ressecado os lábios. O coração de Lotte não havia suportado o clima londrino. E após Londres, tão logo chegaram aos Estados Unidos, os pulmões de Lotte haviam rejeitado o ar de Nova York. Foi esse um dos motivos por que se dirigiram mais para o sul. Na primeira vez que estiveram no Brasil, um ano antes, o clima da serra de Petrópolis fora benéfico para ambos. Aqui, era como se estivessem nos Alpes austríacos, em Semmering ou Baden.

Fazia muito tempo que os medicamentos já não surtiam efeito sobre a asma de Lotte. A cada noite, por volta das duas da manhã, ele assistia, impotente, ao terrível espetáculo de sua jovem esposa sentindo falta de ar até quase a sufocação, sentada à beira da janela, parecendo querer sugar todo o oxigênio lá fora para seus pulmões. Os continentes percorridos, a sucessão de quartos de hotel, o interminável cortejo de incertezas tinham acentuado a doença. Tal como lhes faltara espaço ao longo de seu exílio, o ar também ficava rarefeito. O ar para ela tornara-se uma dádiva preciosa.

Não tinham mais onde se refugiar, suas reservas financeiras escasseavam, tal como o oxigênio.

Decidiram ir almoçar na cidade. Lotte usava o vestido bege de linho que havia comprado no mês anterior em Nova York, alguns dias antes de embarcarem no navio para o Brasil. Estavam hospedados então na rua 25, no hotel Wyndham, onde desfrutaram de sua tranquilidade. A princípio, a América pareceu-lhes uma terra acolhedora. Uma segunda vida no Novo Mundo. Haviam desembarcado em Nova York em junho de 1940, enquanto a Inglaterra que deixaram para trás sofria o bombardeio da aviação alemã. Tinham vivido alguns dias felizes, mas novamente tiveram que solicitar vistos, preencher uma infinidade de formulários, pedir referências, provar que tinham o direito de existir, de estar lá, viver de incertezas, provisoriamente. A América, decididamente, não era a terra prometida que dizia ser. A animação deles murchou à medida que a asma de Lotte se agravava, com as crises de sufocação. À noite os médicos vinham injetar-lhe drogas nas veias. Infelizmente, o ar de Nova York não parecia ser benéfico para seus pulmões. Ou talvez o vento não ultrapassasse os limites da cidade. Ou a brisa que soprava do rio Hudson fosse muito fraca. Ou então já fosse tarde demais e não lhe restasse qualquer esperança. Ela havia contraído uma gripe terrível. A febre fizera-a perder a consciência. Já se acreditava que sua hora derradeira havia chegado. Ele passara a noite inteira junto a seu leito no hospital. Tão logo recobrou a consciência, ela o ouvira proferir algumas palavras – ou seria um delírio provocado pela febre? Ele falava para o vazio, tomado pela dor. Seus lábios tremiam. Ela teria jurado que ele se dirigia aos mortos, enviando súplicas, exprimindo seus pêsames. Lamentava ter envolvido sua mulher nessa aventura. Seus sussurros apaziguaram-na. Ela adormeceu, embalada pelo som de sua voz. Ao cabo de alguns dias, a febre cedeu, a respiração perdeu aquele silvo de chaleira. As extremidades de seus dedos reaqueceram-se. Estava curada. Após aquelas semanas assustadoras, haviam concluído que Nova York não era um lugar adequado para eles. Uma pena, pois Lotte teria permanecido de boa vontade, mesmo que o clima lhe fizesse mal, que o torpor da vida urbana e a fumaça dos veículos asfixiassem seus pulmões. O mundo feérico de Manhattan encantava-a. Ao fim de uma noite de crise, ela vira, através das vidraças do hotel, a cidade ganhar vida ao romper da aurora. Desceu à rua. Caminhar em meio aos colossais edifícios dava-lhe vertigens. Aqui, tudo parecia de um romantismo ardente. Uma sensação de irrealidade, de potência, emanava das ruas. Os homens e mulheres com quem cruzava pareciam de um novo tipo, que inspirava admiração. No meio deles, entre aquelas altas fachadas, ela se imaginava como figurante de um filme, um filme colorido em que as imagens dissipavam as visões negras do cinema alemão. Ao fim do expediente ela adorava se fundir na multidão que percorria a Quinta Avenida - embora ainda guardasse a lembrança das massas alemãs ordenadas, os braços estendidos. Passeava pelo Central Park. As sombras projetadas por aqueles arranha-céus não a assustavam nem um pouco. Quando um raio de sol se filtrava entre dois edifícios, ela se dizia que a luz caía do céu. Permanecia imóvel no meio da calçada, o rosto voltado para as alturas, os olhos semicerrados, envolta naquela claridade celestial. Se alguém esbarrava nela, corria de volta para a sombra. Não gostava de ser tocada. O contato brutal de um corpo anônimo fazia ressoar em seu espírito – que ela imaginava tão doente quanto seu corpo – o ruído de botas no pavimento, os gritos de desordeiros uniformizados. Dava um passo de lado e retornava para a luz, o ar tornava-se leve, a vida tornava-se leve.

Em Nova York reencontrara sua sobrinha Eva, filha de seu irmão Manfred. Eva e Manfred eram tudo que restava de sua família. Sua mãe, seus tios, tias e primos não haviam fugido nem de Frankfurt nem de Katowice, sua cidade natal na Silésia, que havia deixado em 1933. Passado quase um ano, não tivera mais notícias de nenhum deles. O correio não seguia, argumentava Stefan.

Nos olhos de Eva, Lotte reencontrava o olhar de sua própria mãe. A semelhança era perturbadora. Segundo a tradição, as netas levavam o prenome das avós. Quando Lotte caminhava com a sobrinha pelas ruas do Brooklyn, às vezes tinha a impressão de passear de braço dado com sua mãe no grande bairro judeu de Katowice. As vitrines das lojas, as varandas dos cafés e restaurantes suscitavam lembranças agradáveis da adolescência. E, na alegria daquela que ainda considerava uma criança, Lotte encontrava um sentimento de indolência. Suas explosões de riso apagavam a lembrança dos tormentos incessantes de Stefan. Esquecia o fluxo interminável de páginas manuscritas da autobiografia que ele estava perto de terminar e que devia datilografar sem descanso na velha Remington, onde algumas teclas não funcionavam mais. E tinha de forçar os olhos para tentar compreender cada palavra do escritor, desvendar o significado de uma rasura e verificar a correção da sintaxe. Seus olhos eram-lhe preciosos. As viagens e a doença os haviam envelhecido precocemente. As horas passadas a ler os manuscritos iriam comprometê-los no longo prazo. Mas, afinal, que lhe importava enxergar bem desde que estivesse perto dele?

Passou com Eva um último dia juntas em Manhattan, antes da partida para o Rio. Estavam sentadas na varanda de um restaurante. Três rapazes americanos que ali almoçavam as abordaram, perguntando se queriam se juntar a eles. A conversa durou apenas alguns minutos, mas uma sensação de puro prazer atravessou-as.

Elas entraram numa pequena loja na esquina da rua 42 com a Madison Avenue, na qual a vitrine expunha roupas luxuosas a preço acessível. Lotte havia hesitado à porta e Eva puxara-a pelo braço. Lotte precisava de um vestido para sua nova vida no Brasil. Entraram na butique onde o costureiro, um homem baixinho, mas corpulento, vestido elegantemente, tinha-as recebido como princesas do Oriente. Serviu-lhes chá e mostrou coleções inteiras.

– Como sabem, as pessoas estão erradas em não comprar ternos e vestidos, é preciso se vestir bem para o dia da vitória. Pois nós vamos ganhar. Quero dizer como "nós" o "Povo do Livro". O que pode contra nós o povo que queima os livros? Pelo seu sotaque, eu diria que vocês vêm de... Colônia? Ou seria Frankfurt e Katowice? Eu sou de Stuttgart... E quando foi que vocês partiram da nossa querida mãe-pátria que devora seus filhos? Em 33? Vocês são adivinhas! Eu esperei até 36, e ainda deixei minha filha Gilda. O marido dela não quis partir. Ele dizia que a situação não poderia piorar... aquele imbecil do Ernst Rosenthal! Minha mulher havia previsto que ele não seria bom marido, minha querida Mascha, que Deus a tenha. Ela não suportou a viagem até aqui. Segundo Hermann Flechner, que deixou um filho em Munique, eles vão todos ser deportados para o leste. O leste, imagine, como se fosse um ambiente para os judeus! Quando a guerra acabar, vou dar um puxão de orelhas naquele imbecil do Ernst Rosenthal... Sabiam que em Frankfurt assisti ao casamento de minha prima Rivkah na grande sinagoga de Börnestrasse? O quê? Seu avô era o rabino da sinagoga? Como o mundo é pequeno... estamos em agosto de 1941, em Nova York, e você me diz que seu avô casou Rivkah com Franz Hasen, que Deus o tenha. Franz morreu quando os SA o jogaram de uma janela em maio de 1933. Não, não existe nada como o destino, senhora... Eu nem mesmo perguntei seu nome, senhora... Zweig. Quer dizer que é a senhora Stefan Zweig?! Desculpe, mas vou ter que sentar, é emoção demais. Primeiro, o seu avô que casou minha prima, depois o seu marido, de quem minha filha leu todos os livros. Perdoe-me, eu devo lhe parecer alegre demais para essa época tão negra, mas não se fie nas aparências, eu não sou tolo, sei bem como o Reich trata nossa gente, mas, se me deixar cair na melancolia, só me resta fechar a loja, e o que é que vou fazer da minha vida, sem minha mulher nem minha filha? Não vou passar o dia inteiro esperando em Ellis Island, porque ninguém desembarca lá. Eles fecharam todas as portas, as portas do grande Reich e as portas da América. Não é amanhã que minha filha vai entrar nesta butique. Portanto, vou ficando na confecção, mas não sou inculto, sei reconhecer um grande escritor e, além disso, vi uma foto dele no jornal. Seu marido possui uma rara elegância, diga a ele para passar aqui, a senhora sabe que Max Wurmberg veste também os homens. Tenho roupas de pura lã que lhe farão lembrar os melhores ateliês de Berlim, mesmo se hoje, bem entendido, ninguém queira se recordar de Berlim... As senhoras sabem, eu só exponho vestidos na vitrine porque o futuro pertence aos costureiros para senhoras, quer dizer, se houver afinal qualquer futuro para costureiros. Mas prefiro não pensar mais no futuro, isso foi a perdição de Ernst Rosenthal... Enfim, qualquer dia desses o grande Roosevelt vai entrar na guerra finalmente, só espero que, logo que decida enviar suas tropas, minha pequena Gilda ainda esteja neste mundo. Já estamos em agosto de 1941, se demorar muito, não sei em que canto da Polônia vão encontrar minha filha. É que, veja bem, eu adoraria ser avô, olhe aqui nesta caixa, sim, é um casaco para o bebê, por fora de veludo bordado, e de jérsei no interior. Está reservado para meu netinho, veja, até costurei o seu nome nas mangas, vai chamar-se Max, como eu, segundo a tradição de nossos pais.

Ele se interrompeu para ir escolher um vestido no fundo do armário, argumentando que era o seu preferido, que o reservara para sua filha, mas que Gilda jamais ousaria usá-lo. Era um vestido vermelho, curto e bastante chanfrado, deixando as costas quase nuas. Lotte havia-o provado, um tanto relutante. O costureiro ficou um bom tempo de joelhos diante dela, enfiando alfinetes através do tecido e ajustando-o. E não havia poupado elogios sobre sua figura esguia, suas curvas, o comprimento de suas pernas, e prometeu que o vestido estaria pronto antes do dia da partida.

– Vai ficar maravilhosa, Sra. Zweig, a senhora já é maravilhosa, veja só esses quadris, esses ombros. A senhora é a mulher ideal, e merece o maior dos homens.

Elas finalmente deixaram a butique.

– Você vai ficar sublime nesse vestido vermelho – exclamou Eva.

Lotte não teve reação. Caminhou como um robô, os olhos perdidos no vazio.

– Na praia de Copacabana – continuou Eva.

Lotte não conseguia se imaginar passeando pela praia. Nem imaginava seu marido acompanhando-a à beira-mar. E, sem dúvida, jamais usaria esse vestido.

– Dentro de alguns dias, você estará no Brasil! Não se sente feliz com isso?

Feliz não era uma palavra de seu vocabulário. Desde a adolescência guardara a impressão de que felicidade era algo confuso e inalcançável. Ela não se parecia nada com as outras garotas. Soubera disso desde a mais tenra idade. Tinha a sensação de que as outras eram mais bonitas, mais vivazes, mais radiantes. Ela permanecia na sombra. Hoje era mais fácil, as pessoas cumprimentavam-na e invejavam-na, era a sombra de Stefan Zweig! Não usaria jamais esse vestido. Seu corpo sempre lhe havia parecido estranho. Seu corpo era uma terra estéril. De onde vinham então seus desesperos, que a deixavam inerte, sem vida? Ela havia tido uma infância feliz e sem tormentos. O pai tinha sido louco por ela, seu irmão a amara, a mãe a adorara. Fora atendida em todas as suas necessidades. Não havia conservado nada. Do território irreal das quimeras infantis só emergira um sentimento de tristeza e sofrimento. Depois ela sempre experimentara o sentimento da derrota. Sua doença respiratória convinha-lhe perfeitamente, já que não precisava se adaptar a ela. Tinha sempre falta de ar, qualquer que fosse o ambiente em que se encontrasse, reunião de família, colégio. Via os seus próximos aproveitando a vida, ouvia o riso dos amigos, via passar os dias. Entrava numa sala e nada acontecia. Ela ignorava tudo relativo à felicidade. O que conhecia era o medo, todos os medos. Medo do desconhecido, medo do futuro, de não fazer a coisa certa, de fracassar e de ser bem-sucedida, medo da morte e de doenças, medo dos outros e medo de si, qualquer coisinha lhe dava medo. A vida sempre havia sido uma prova que superava cada vez com mais dificuldade. Ela percorria esses anos de aflição, vacilava sob a influência da infelicidade. Sem dúvida, a visão sombria que seu marido tinha do mundo havia encontrado nela um país de adoção.

– Você é a mais invejada das mulheres, esposa do maior escritor do século... E é dona agora do mais belo vestido de Manhattan!

– Stefan mal prestará atenção no meu vestido. É a muito custo que ele se dá conta da minha presença.

– Por você ele deixou a esposa.

Simples pretexto... À época, ela devia representar a seus olhos uma fonte de juventude. Ele esperava extrair dela as forças que começavam a lhe faltar, um pouco da mesma maneira como ele havia seguido a ordem de um pretenso médico que prescrevera hormônios destinados a retardar o envelhecimento. Infelizmente, contra todas as expectativas, ela havia se tornado um fardo, um tormento adicional. Nessa vida consumida, obcecada e perigosa, ela lhe impunha a promessa de noites de terror. O que ele devia sentir por ela senão piedade?

– Você preferiria ficar em Nova York comigo? Ele compreenderá... desde o momento em que esteja com seus livros.

– Mas é também por minha causa que vamos para Petrópolis. A cidade fica a oitocentos metros de altitude, ele afirma que me fará o maior bem. Eu sufoco aqui.

– Ora, vamos subir ao alto do Empire State, você vai receber uma grande dose de oxigênio.

– Eu vou para o hotel. Este passeio me esgotou. E não tomei meus remédios ao meio-dia. Acho que vou sofrer uma nova crise esta noite.

– Prometa que vai me ver de novo, antes de partir, prometa passar outro dia comigo.

Ela havia chamado um táxi e deixado Eva em casa. Sozinha no veículo, Lotte pensou no discurso do costureiro. Imaginou casando-se na grande sinagoga de Frankfurt, em vez de naquela sala sem alma de Bath, na Inglaterra, onde Stefan e ela fizeram seus votos. *Mazel Tov*, murmurou para si mesma. Mas nenhum rabino atuava mais nas cidades da Alemanha. Seu avô já não oficiava, havia sem dúvida desaparecido. No Reich inteiro não se encontrava mais um rabino. As sinagogas da Alemanha tinham sido queimadas na Noite dos Cristais. As chamas haviam coberto o céu e as estrelas.

Nessa noite, no quarto do hotel Wyndham, Stefan tinha o olhar sombrio dos dias ruins. Mais um de seus amigos, Erwin Rieger, havia encontrado a morte em Túnis. Após Ernst Toller, Walter Benjamin e Ernst Weiss. O vazio crescia ao seu redor. O passado desaparecia em fragmentos. As passagens para o Rio estavam compradas. O embarque se daria na manhã de 15 de agosto.

Fugia de novo. Havia fugido do Reich e depois fugido para a Inglaterra, hoje era a vez dos Estados Unidos. Entre as razões da partida incluía-se, claro, a saúde de Lotte, seus brônquios frágeis, sua garganta enferma. Havia também as burocracias administrativas às quais estava submetido – era um estrangeiro proveniente de um país inimigo. Havia ainda o idioma inglês que dominava mas no qual não se sentia à vontade. Também não suportava a ebulição permanente que reinava em Nova York. Ali tudo era tumulto e frivolidade.

Mas havia uma razão bem diferente para sua partida. O verdadeiro motivo era inconfessável – como seu coração pudera endurecer a tal ponto? Ele fugia de Nova York porque nesse lugar ele reencontrara tudo de Berlim e Viena, reencontrara um povo de exilados que havia perdido todo o seu esplendor, cuja conversa não era mais que queixas e lamentações, um povo errante em meio aos arranha-céus à procura de uma alma gêmea com quem partilhar sua dor. Deixava Nova York porque se tornara uma espécie de mecenas, a quem as pessoas recorriam para pedir ajuda na obtenção de um visto. Era com frequência abordado com pedidos de dinheiro ou cartas de recomendação. Embora as autoridades americanas só tivessem lhe concedido um visto provisório, ele tinha que redigir dezenas de *affidavits*, certificados e todo tipo de documentos, bem como servir solenemente como avalista para qualquer exilado da Alemanha. Ele se havia tornado um virtual preposto das autoridades da imigração. Os exilados consideravam-no um messias. Tinha enviado maços de dinheiro para Roth, para o pobre Weiss, para Briegman, Fischer, Maserel e Loerke. Com muito esforço, obtivera um visto argentino para Landshoff, dois passaportes brasileiros para Fischer. O telefone não parava de tocar: gente implorando por sua ajuda, um *affidavit*, um *affidavit*, para Scheller, para Friedmann, para aqueles parados no porto de Marselha, em Port-Bou. Suplicavam-lhe que agisse. Uma velha senhora a quem prometera interceder por seu filho em Varsóvia lhe havia beijado a mão. Suas intervenções tinham permitido salvar quatro ou cinco de seus amigos. Centenas de pessoas estavam pedindo seu apoio. Ele era o Primeiro Cônsul dos Judeus Apátridas.

As forças começavam a faltar-lhe enquanto cresciam nele os piores pressentimentos. O ano de 1941 seria o mais assustador da história, e 1942 mais tenebroso ainda. Como esperavam que um escritor apátrida pudesse conter a máquina de morte?

O mundo que havia conhecido estava em ruínas; as pessoas que tinha estimado estavam mortas; sua memória, conspurcada. Ele havia desejado ser a testemunha, o biógrafo das mais ricas horas da humanidade; não podia servir como escriba de uma época de barbárie. Sua memória ocupava bastante espaço, e o medo aumentava cada vez mais. A nostalgia era o único motor de sua escrita. Só escrevia sobre o passado.

Pessoas presas na armadilha do outro lado do Atlântico colocavam sua esperança nas mãos dele. Tão logo um visto era concedido graças a sua intervenção, o fato passava de boca em boca: o poder de Zweig é grande, um único apelo de sua parte salva uma família inteira, o Grande Zweig responde, escrevam, Zweig os ajudará. Dezenas de judeus vinham fazer vigília diante de seu hotel. Zweig estende a mão, Zweig dá proteção e apoio, ele liberta e salva. Chegaria o dia em que curaria as doenças e restituiria a visão dos cegos. Chega! Ele não era o Grande Rabino de todos os Judeus Oprimidos, não passava de um escritor. Não havia escolhido ser judeu, não reivindicava ser judeu, não acreditava em nenhum deus, ignorava a mais simples prece judaica, condenava o sionismo tal como todo tipo de nacionalismo. Já não havia suportado o bastante por causa de uma identidade que não reconhecia? Ele tinha perdido tudo, que o deixassem em paz! Estava farto de ouvir falar de miséria, de dar esmolas, cansado dos relatos de assassinatos e torturas, de campos de concentração, de filas de famintos, de legiões de exilados, de homens que se entregavam à morte, de almas destroçadas. Ansiava pela imensidão pacífica dos vales e planícies, pelas montanhas que se elevavam da terra viva, pela escuma verde do mar, pela grandeza do céu estrelado. Ansiava pelo Brasil.

Era preciso dizer àqueles pedintes, perdidos nas suas tormentas, que fossem procurar um outro Zweig. Stefan Zweig era a posta restante. Que fossem pedir a Thomas Mann, a Franz Werfel ou Brecht, que ainda tinham esperança na Alemanha, que suplicassem a Bernanos e Breton, Altivos Combatentes da França Livre, que batessem à porta de Einstein, que acreditava numa nação judia. Sim, aqueles eram os heróis e os Justos.

Ele havia sido o primeiro a fugir e era o último dos covardes, o último dos homens, o Último Zweig.

***

Caminhavam juntos pelas ruas de Petrópolis. Olhando à distância, podiam contemplar o flanco das montanhas da serra dos Órgãos, cuja silhueta imponente fazia reinar sobre a cidade uma espécie de serenidade, dava uma sensação protetora, como fazia o Corcovado no Rio. Eles se dirigiam para o centro através das ruas floridas de hortênsias. Passaram diante de um rio onde um rapazola pescava de caniço e onde a brisa carregava um odor de ervas. Um colibri pousou sobre uma orquídea. Um guincho de macaco ressoou do outro lado do rio e o colibri voou. Retomaram seu caminho. Uma ponte de madeira cruzava o rio. Alguns metros adiante erguia-se um impressionante palácio com fachada de cristal e ferro. Ele contou a Lotte a história desse edifício, oferecido por um aristocrata a sua esposa 50 anos atrás. O homem tinha importado da França cada pedaço da armação para edificar um monumento à glória de sua mulher. A essas palavras, Lotte pôs-se a sonhar que um dia ele pudesse lhe dedicar um livro – como havia dedicado a Freud *A luta contra o demônio* ou a Einstein *Três poetas de sua vida* – que ficasse como testemunho do seu amor. Na esquina da rua depararam com uma larga avenida bordejada de mansões imponentes em estilo barroco. Crer-se-ia que fosse uma cidade alemã. Seria um mero acaso que viessem parar aqui? Era a Alemanha sem tirar nem pôr. Petrópolis tinha sido fundada pelo imperador Dom Pedro no século passado para oferecer uma residência de campo a sua esposa, uma descendente... dos Habsburgos. Fazendeiros da Renânia foram chamados para colonizar as terras e povoar a cidade. Os bairros de Petrópolis ostentavam os nomes de províncias alemãs, as crianças louras misturavam-se aos pequenos mulatos nas ruas. A lembrança da Alemanha pesava sobre a população. "Vocês são o martelo e a bigorna", tinha dito Goethe.

Caminharam ao longo da avenida e pararam diante do suntuoso Museu Imperial. Com a fachada imponente, seu luxo radiante, o palácio de verão do imperador assemelhava-se ao hotel Metropol de Viena. O Metropol havia-se tornado a sede da Gestapo. Sem dúvida alguma, se os alemães chegassem um dia a Petrópolis, ocupariam o prédio como seu quartel-general. Iriam adorar a fachada em estilo rococó, os aposentos faustosos, o brilho dos dourados, seus majestosos candelabros. Eles amavam tudo que reluzia. Ele imaginou as pinturas que representavam o imperador sendo substituídas pelos grandes retratos de Hitler. Os SS utilizando os porões do museu para suas sessões de tortura.

Lotte sentiu-se cansada. Em breve o fôlego iria faltar-lhe. Pronunciou algumas palavras de estímulo, logo estariam chegando. Um pouco adiante, entraram no hotel Solar do Imperador, o lugar onde deveriam almoçar. Um empregado abriu-lhes a porta, pronunciando as boas vindas em inglês. Stefan era considerado um inglês aqui. Entraram no saguão cujas paredes eram recobertas por telas de cores vivas representando paisagens tropicais. Um garçom conduziu-os até o salão de jantar. Foram instalados junto ao terraço, de onde podiam admirar os contrafortes da serra dos Órgãos. Uma cordilheira no meio da selva: o derradeiro espetáculo a que assistiriam na vida. O pianista tocava um choro lento e melancólico. Os garçons perguntaram o que iam beber. Stefan pediu champanhe. Lotte examinou o cardápio e escolheu um casadinho de camarão. Ele hesitou entre pato ao molho de amoras e bobó de camarão e pediu conselho ao garçom. Explicou que eram dois pratos excelentes e seu preparo totalmente diferente. Qual lhe apetecia mais para o almoço? Lotte acabou pedindo por ele e tomou-lhe a mão, com um sorriso irônico nos lábios. Disse que ela estava certa em escarnecer dele, que era incapaz até de escolher um prato. Estava ficando senil. Ela o olhou fixamente e disse, com ar sério, as faces ruborizando, como se estivesse cometendo algo terrivelmente audacioso:

– Você nunca soube se decidir.

O champanhe foi servido. A música ficou mais animada. Beberam em silêncio, olhos nos olhos. E, tão logo esvaziaram suas taças, desejou-lhe um feliz aniversário. Lágrimas escorreram pelas faces de Lotte. Disse que eram de felicidade.

– Dois anos de casamento...

Ele se apressou a fazer um brinde, prometendo-lhe até bodas de prata. Mas o garçom chegou com as entradas e não precisou proferir as palavras nas quais não acreditava.

Eles se viram de novo em Bath, perto de Bristol, dois anos antes, riram ao lembrar o modo como o escrivão municipal que celebrava o casamento tinha errado o nome de Zweig duas vezes. Eles estavam sozinhos no anexo da prefeitura, sozinhos, sem testemunhas nem amigos. Para ela, nada de vestido branco nem buquê de noiva. Nem véu nem grinalda.

Cada qual havia pronunciado o sim a sua maneira, Lotte com fervor, ele, como se respondesse a uma formalidade. Depois que o escrivão os declarou unidos pelo matrimônio, se abraçaram. No momento de descerem os degraus da prefeitura, Stefan teve a impressão de ser um pai casando a filha.

Dois dias mais tarde, recebeu correspondência da prefeitura. Ao abrir o envelope, pensara que fosse uma carta de felicitações do prefeito. A carta, com o timbre do Foreign Office, designava-o como *Alien Enemy*. A declaração de guerra contra o Reich fazia dele um inimigo potencial do Reino Unido. Um documento anexo especificava seus deveres e direitos. Mister Stefan Zweig deveria ficar confinado em casa. Tinha o direito de se deslocar até cinco milhas em torno de sua residência. Ultrapassado este limite, estava sujeito a sanções. Ele devia solicitar uma autorização administrativa para qualquer viagem. Estava proibido de fazer qualquer comentário político sobre a situação. A cada semana, teria de registrar sua presença no anexo da prefeitura. "Eles esqueceram de mencionar que devo usar a estrela amarela", reagira ele. Os soldados de Hitler haviam-no ameaçado de morte; Goebbels, desde 1934, incluíra-o na primeira lista de "escritores indesejáveis e perniciosos" da Alemanha. O Foreign Office classificava-o na categoria B de "estrangeiros inimigos". Ele escapara da categoria A, escapara de ser preso! Um inimigo e um estrangeiro de Londres. *Juden*, teriam resumido os alemães. Inimigo da Inglaterra, ele, o autor de *Maria Stuart*? De que tinham medo? Que Stefan Zweig atacasse a 10, Downing Street? Freud, seu mestre e amigo, teria recebido a carta do Foreign Office antes de sua morte? Freud na categoria B, Freud *Alien Enemy*? Felizmente, Freud havia preferido deixar este mundo à sua maneira, na hora escolhida.

Vermes na Alemanha, agora eram leprosos na Grã-Bretanha.

Ele havia escolhido Londres em 1934, Londres em vez de Paris, agitada demais com suas ligas e facções. Londres para romper com a Áustria. Ele havia deposto suas malas, acreditando depor as armas. Esperava que a distância o deixasse a salvo dos demônios. Mas os demônios haviam-no seguido, atravessando o continente e o canal da Mancha, os demônios já assombravam a ilha. O diabo tomara seu espírito como moradia.

Ele se pusera ao abrigo, enquanto torturavam seus amigos em Dachau. A cada mês, o Reich erigia mais um degrau para o cadafalso. Logo ao chegar em Londres vivera num apartamento na Hallam Street. Em seguida se instalara na pequena cidade de Bath, nos arredores de Bristol. Após cinco longos anos de exílio, tinha obtido um passaporte graças à intervenção de Bernard Shaw e de H. G. Wells. E quando, por fim, se tornara cidadão britânico, a guerra contra a Alemanha tinha sido declarada. As pessoas começaram a ver espiões em todo canto. Era desaconselhável exprimir-se em alemão. A suspeita pesava sobre os exilados. No seu passaporte, obtido com tanto sacrifício, haviam acrescentado, com tinta preta: *Alien Enemy*. Inimigo do Reich e da Coroa britânica. Havia-se tornado um pária. Inimigo do gênero humano, Zweig, o fervoroso humanista.

E, como ele preferia o exílio à desonra, tinha trocado Londres por Nova York. Depois havia fugido de Nova York. Fugir era o seu modo de habitar o mundo. Salzburgo-Londres, Londres-Nova York, Nova York-Rio. E depois do Brasil, o que viria?

– Londres não foi tão ruim assim – sorriu ela.

Deviam ao exílio londrino o fato de se terem conhecido. Stefan lá se estabelecera na primavera de 1934. Ela já tinha um ano de exílio em Londres. Havia fugido de Katowice com o pai, em 1933, mal Hitler tomara o poder. A ironia perturbadora era que Friderike os havia apresentado. A esposa insistira para que Stefan utilizasse os serviços de uma secretária particular quando escrevia o seu *Maria Stuart*, agora que haviam perdido a fiel Erika Meingast. No decorrer de quase toda a entrevista, Lotte permanecera em silêncio. Foi esse seu aspecto intimidado que o havia seduzido, sua postura submissa, de admiração, que ela não soubera disfarçar? Ela não tinha mais que 25 anos, ele já era cinquentão.

Desde a primeira troca de olhares, Friderike havia compreendido. Mas não se sentiu intimidada. Ao longo dos anos junto ao escritor vira passar uma extensa procissão de amantes. Havia-se resignado ao papel de mulher traída. Só exigia um pouco de discrição. Exigia o silêncio. Com Lotte as coisas correram de modo diverso do habitual.

Os três estiveram juntos no verão anterior no hotel Westminster, ao longo da Promenade des Anglais, em Nice. Lotte ocupava um quarto ao lado daquele do casal. Eles haviam passado um mês lá no verão de 1934, com Joseph Roth e Jules Romains. Iam assistir ao concerto do amigo Toscanini na Ópera de Monte-Carlo e faziam longos passeios pela Grande Corniche. Certa manhã de julho,

Friderike saiu para buscar seu visto no consulado, tendo retornado antes do previsto. Como numa ópera-bufa, ela havia surpreendido seu marido e a secretária de mãos dadas na sacada.

Uma mulher, em passos decididos, atravessou o restaurante do hotel Solar do Império. Tinha o cabelo curto, um pouco grisalho. Usava calças compridas de flanela bege e blusa preta. Stefan não pôde desviar o olhar de sua silhueta deslizando entre as mesas.

– Ela parece um pouco com Friderike – comentou Lotte em voz calma.

Ele negou.

– Sim, algo no modo de andar. Sua mulher tinha uma postura elegante.

Ele respondeu que atualmente sua mulher era ela.

– Sente falta dela às vezes?

Fez que não com a cabeça.

– Tenho certeza de que sente falta dela, ou ainda vai sentir. Talvez não devêssemos ter deixado Nova York.

Ele se lembrava da última vez que havia visto Friderike e, por mais estranho que pudesse parecer, esse encontro em Manhattan fora puramente casual. Eles se encontraram num escritório da Quinta Avenida, onde ambos foram preencher um visto. Fazia meses que não se viam. Ele tivera vontade de tomá-la nos braços, mas refreara o desejo. Havia cortado as efusões emocionais. Detestava sentimentalismos. Esse encontro teria sido um sinal? Aquelas implausíveis reuniões pouco antes da partida para o Rio significavam que deveria desistir da viagem e permanecer em Nova York com Alma e Franz Werfel, com Thomas Mann e Jules Romains? Ficar junto com sua gente?

O garçom chegou com o prato principal. Infelizmente o pato havia acabado e o *chef* lhe preparara um bobó de camarão. Ele não teve nenhuma reação. Lotte virou-se para o garçom e disse:

– Não tem a menor importância. Ele nem chegou a escolher de verdade.

Começou a relembrar os velhos dias. Gostava de contar histórias sobre as primeiras horas do novo século, quando tinha seus vinte anos em Viena. Sabia que essas histórias sempre divertiam Lotte. Ela tinha a impressão de viajar no tempo, de ter vinte anos junto com ele. Às vezes, quando Stefan não estava animado, ela insistia:

– Conte-me uma das suas recordações. Adoro quando você as conta, e faz isso tão bem. Quero saber tudo a seu respeito. O presente e o passado. Quero sentir-me a espectadora de cada segundo de sua vida. Quero ser você, estar a seu lado no café Beethoven e no Burgtheater, passear no Volksgarten, admirar a Maximiliansplatz, subir com você os degraus da Ópera, respirar o ar puro de Marienbad. O destino me fez nascer tarde demais, quero recuperar o tempo perdido, os anos longe de sua presença. Conte-me!

Ele começava a relembrar as horas radiosas de sua existência. E então as valsas ressoavam no espírito de Lotte. Leques agitavam-se nas mãos enluvadas de moçoilas em vestidos esplendorosos, nos braços de oficiais do exército imperial em seus uniformes brancos, com o peito reluzindo de medalhas. Ao escutá-lo, ela se imaginava nos braços dele, no salão de baile do palácio Hofburg. Diante deles, jovens casais embalavam-se ao ritmo da música. Nas paredes estavam dispostas, ao lado dos quadros retratando o imperador Francisco José, as pinturas de Klimt. Dos lustres gigantescos, uma chuva de luz derramava-se sobre o salão. Ela o ouvia, capturada e guiada por suas palavras. Dançavam ao redor dessas palavras. Gostavam de estar juntos, apenas os dois. Lotte ouvia escapar dos lábios dele uma palavra que nunca dissera, que sem dúvida jamais pronunciaria. Jamais diria "eu te amo", jamais uma promessa de uma vida eterna a dois, de um amor maior que o de todos os demais; ele nunca expressou o desejo de que do seu ventre viesse um filho, um filho que levasse seu nome, que seria o filho de Stefan Zweig e Elizabeth Charlotte Altmann, neto de Moritz e Ida Zweig e de Arthur Salomon e Sarah Eva Altmann.

Lá fora, poder-se-ia dizer que a noite caíra de repente. Uma massa de nuvens negras e cinzentas cobria o céu. Um relâmpago cruzou os ares. Um trovão rugiu. E a seguir desabou um aguaceiro. Disse-lhe para não ter medo. Ela replicou que nada temia, enquanto estivesse ao seu lado.

Pouco lhe importavam a chuva e as trovoadas. Seu ventre permaneceria estéril. Nunca sentiria um bebê sugando o seu seio, jamais o embalaria nos braços. O horizonte dissolvia-se sobre a terra. Ele retomou sua história. Lotte não o ouvia mais. Sua mente estava em outro lugar. Pensava sobre ela e Eva nas ruas de Nova York. Após alguns minutos, a tempestade cessou. O garçom trouxe a conta. Tão rápido quanto havia escurecido, o céu readquiriu seu tom azul.

Saíram do restaurante. Fez sinal para o cocheiro que esperava com sua charrete diante do hotel. Embarcaram.

OUTUBRO

Ele se levantou lentamente, tomando cuidado para não acordá-la. Uma vez de pé, contemplou seu rosto, esse rosto sem rugas, de brilho opalino, seus cílios compridos, seus cabelos ondulando ao redor do pescoço. Ela dormia de costas, o braço direito dobrado no ângulo do travesseiro, como se procurasse um ombro. Admirou a fineza de seu punho, onde brilhava agora o bracelete de ouro que lhe dera na noite anterior. Seu corpo só estava coberto pela metade, a camisola deixando entrever as formas que não haviam perdido a sensualidade, apesar das privações do exílio. Seu peito elevava-se a intervalos um tanto rápidos demais, estando sua respiração normalizada. Fazia duas semanas que ela dormia profundamente. A doença mantinha-se sob controle.

Este lugar era um paraíso. Quando despertava no meio da noite, ele a observava enquanto dormia, a respiração tranquila. As crises de asma que a deixavam à beira da asfixia não eram mais que uma lembrança. Este lugar tinha o dom de ressuscitar os mortos.

Eles se sentiam a salvo. Pena que havia os jornais que não deixavam esquecer o que ocorria no mundo. Havia também o rádio, e ele entendia português. E depois havia as cartas dos companheiros de exílio, que relatavam da

Europa o que se afigurava como um iminente juízo final. As notícias vinham banhadas em sangue.

Saiu do quarto, fechando a porta atrás de si, atravessou o corredor, andou até a varanda, postou-se atrás da janela e apreciou a paisagem que se abria à sua frente. O vale a oeste estava mergulhado na névoa. Um véu branco acetinado cobria as plantações de milho iluminadas por alguns focos de luz avermelhada. As casas da cidade estavam recobertas por espessa cerração. Abriu a janela e aspirou profundamente o ar carregado de perfumes suaves. O sol elevou-se acima da montanha. Tudo ficou escarlate. Logo seus olhos não puderam mais suportar a intensidade da luz. Voltou para a sala e sentou na cadeira de balanço.

Quase não havia dormido. Esta noite mais que de hábito. Já fazia um bom tempo que perdia o sono. Havia deixado na Áustria o menor de seus sonhos. À noite, tinha encontro com os entes queridos que perdera. Todos os amigos que tinham partido para o outro mundo pareciam vir de lá visitá-lo, faziam fila a sua porta. Eles falavam da chuva e do bom tempo, partilhavam suas esperanças vãs, irrompiam em lágrimas e riam vivamente.

Stefan preferia a noite ao dia, quando ouvia as vozes daqueles que lhe foram mais próximos e queridos, mesmo não estando deitado: a voz doce de sua mãe, ou as recriminações de Roth, a amigável presunção de Rathenau, o sorriso melancólico de Schnitzler, o entusiasmo de Rilke, o olhar austero de Freud. Os rostos das pessoas amadas espreitavam em meio à penumbra da noite. Era um momento marcado de eternidade. Infelizmente, os primeiros clarões da aurora dissipavam as figuras, extinguiam os murmúrios e risos, punham um fim ao passado, aos seres, à vida. Tudo ficava petrificado de silêncio. Ao preferir a companhia dos fantasmas, ele começou a recear a presença dos vivos.

Suas pálpebras não fechavam mais, os olhos ficavam esbugalhados. As crises de insônia abriam-lhe mundos inacessíveis, escancaravam as portas do passado. Ele se via caminhando para trás numa ponte suspensa sobre um vazio nevoento povoado por rostos familiares. Não lamentava nem um pouco o fato de não dormir. Mas a falta de sono alterava sua percepção da realidade. Ansiava pelo crepúsculo. Às vezes os fantasmas apareciam até mesmo durante o dia, enquanto estava na companhia dos vivos. Ele tinha que se controlar para não saudá-los, temendo passar por louco.

Nessa noite, Joseph Roth tinha vindo falar com ele. Roth não era seu visitante mais assíduo. Ousado e compassivo combatente, patético e glorioso guerreiro das palavras, Roth era o melhor dentre eles. Nem Thomas Mann, nem Werfel e nem ele próprio seriam capazes um dia de escrever um único capítulo desenvolvendo a potência e amplitude de *A marcha de Radetzky*. Admirava o escritor, admirava o combatente, o homem de todas as lutas. Invejava a força de seu desespero tanto quanto de seu gênio. Roth permanecera em Viena até os derradeiros instantes, Roth havia combatido, Roth não era um covarde escondido no meio das montanhas amazônicas. Stefan invejava tanto o começo quanto o fim de Roth. Ele se havia insurgido sozinho, seu corpo devastado pelo absinto, diante dos orgulhosos e invencíveis soldados provenientes da Alemanha. Durante meses no final, Roth tinha descido titubeante – portador da esperança vã alimentada por sua bebedeira – as escadas do hotel na rue de Tournon, dizendo que ia combater os exércitos do Reich que invadiam as fronteiras da França. O homem sedento de graça divina e vinho ordinário tinha enfrentado a onda de selvageria organizada. Nos seus artigos, nas suas conferências, nas entrevistas com os dirigentes franceses, e com o próprio chanceler Schuschnigg, Roth havia combatido o *Anschluss* até pouco depois da entrada dos alemães em Viena. Enquanto ele, Stefan, nada ousara fazer, nem assinar uma única petição, nem escrever um pequeno artigo. Ele ficava paralisado pela repercussão que suas palavras poderiam gerar. Os alemães estavam enfiando suas adagas no ventre dos judeus e ele não ousava pronunciar uma palavra que pudesse ser interpretada como uma provocação. Tinha vergonha de si mesmo. Não cessara de apoiar Roth, havia convidado o escritor a juntar-se a ele na Inglaterra, a acompanhá-lo aos Estados Unidos e mandava-lhe ordens de pagamento a cada três meses. Em Paris, Friderike cuidava dele, ajudava-o a subir as escadas da rue de Tournon, servia de apoio a um homem afundado no álcool. Um dia, arrasado pela notícia do suicídio de Ernst Toller em Nova York, Roth havia morrido. Na noite anterior, Friederike e Soma Morgenstern haviam-no levado para o hospital Necker. E Stefan não tivera a coragem de se deslocar de Londres para comparecer ao seu funeral.

Nessa noite, Roth havia reaparecido. Ele tinha atravessado as cortinas e sentara-se junto ao leito. Roth tinha um copo na mão e servia-se de generosas doses de uísque, seu corpo sacudido por tremores. O escritor viera informar-se sobre a saúde de sua mulher, uma esquizofrênica que também se chamava Friederike.

– É verdade o que andam dizendo os exilados? – perguntara Roth. O rumor alcançara Stefan trazido através da calma das trevas, essa voz da desgraça, mais alta que os estrondos da guerra. Ele não acreditava no que tinha ouvido. Era possível que tanto sofrimento, horror, selvageria, ódio e desumanidade tivessem se abatido sobre um único ser, sobre Friederike Roth, uma pessoa inocente que, depois de dez anos, tinha a mente em frangalhos, desde que caíra vítima da loucura em 1929? Tinham os monstros alemães feito realmente aquilo de que eram acusados? Haviam praticado uma eutanásia na pobre Friederike? O corpo de Joseph Roth foi sacudido por um longo e doloroso tremor.

– Não, não é verdade – havia murmurado Zweig.

– Você não deve crer em tudo que nossos profetas relatam. Cada um tem a tendência de exagerar o horror. Você conhece os alemães, eles são capazes das piores coisas. Mas será que chegariam a tais extremos? Por que se importariam em perseguir e derrotar uma alma perdida, uma alma simples que perdeu o juízo? Os alemães exaltam as virtudes do guerreiro, o direito do mais forte. Estamos no século XX, Roth, em 1941. Acha que a Alemanha usaria suas forças empenhadas na conquista do mundo para atacar a pobre e frágil Friederike Roth? Fique tranquilo, meu caro Roth, aí no seu mundo de paz, bondade e solicitude, a nossa Terra Prometida.

– Você apaziguou minha mente – dissera Roth. – Há alguma notícia dela além dessas mentiras abjetas?

– Meu caro Joseph, nada receie, sua esposa foi colocada a salvo. Está na Suíça, nós a ajudamos a cruzar a fronteira. Ela está a salvo dos demônios alemães, bem como daqueles que atormentam sua alma. Um psiquiatra está cuidando dela numa clínica de Genebra.

– Antes assim. Na Suíça ela ficará bem. Bendita seja a Suíça, que nos acolhe e trata de nossas mazelas. Você sabe o nome do médico?

– Sim. É Alfred Döblin, o nosso caro Alfred, esse grande médico, renomado escritor, que cuidou dela em Berlim e encaminhou-a ao Dr. Bernstein, um discípulo de Freud que cuida daqueles de nós que perderam a razão.

– Se é um discípulo de Freud, então ela está em boas mãos.

Passaram então a falar dos seus trabalhos.

– Um dia – tinha dito a voz de Roth – você vai ler meu último romance. Vai gostar dele, foi escrito no seu estilo e acho que vou intitulá-lo de *O peso da graça*. E você, o que escreve? Precisamos escrever, devemos escrever livros que sejam à prova de fogo.

Stefan havia respondido que estava prestes a terminar sua autobiografia.

– Isso é bom – aprovara Roth. – Conte a seu leitores como já foi o nosso mundo, seja uma testemunha de nossa época. Uma autobiografia, isso é bom.

– Você está no lugar certo para isso.

– Você sempre teve um lugar especial para mim no seu coração. Sempre se fez presente. Posso prosseguir em minha jornada, agora que sei que ela finalmente dorme em paz, a minha esposa perdida.

Após o quê, a aurora raiou.

Agora que se encontrava desperto, pensou sobre o destino de Friederike Roth. A esposa de seu amigo Joseph Roth, esquizofrênica, havia sido caçada pela Gestapo, que depois de procurá-la em Berlim a encontrara em Munique, a partir de uma denúncia. A comunidade dos exilados havia contado como os homens da Gestapo a surpreenderam em um pequeno apartamento abandonado, toda enrodilhada, em mutismo total, num cômodo mergulhado na escuridão. Os SS haviam-na agarrado pelos pulsos e, como ela se debatia enquanto longos gritos de pavor saíam de sua boca demente, eles a surraram a coronhadas e arrastaram seu corpo quebrado no qual só restava um sopro de vida. Enfiaram--na em um caminhão onde estavam loucos que berravam, enquanto outros se escondiam atrás de um muro de silêncio. O caminhão seguiu em meio a bosques e florestas até um suntuoso edifício nos arredores de Linz, o Hospital Psiquiátrico de Linz, um estabelecimento renomado no final dos anos 20. A Sra. Roth acordou num quarto onde se amontoavam dezenas de doentes mentais. Vieram procurá--la, junto com outros infelizes, em meio a gritos de terror. Conduziram a Sra. Roth até um quarto despojado e, com base no programa nazista *Aktion T4*, visando à eliminação de pacientes com doença mental, aplicaram-lhe uma injeção de estricnina. Friederike Roth tinha sido assassinada.

Zweig levantou-se e dedicou um último pensamento a seu amigo. Pelo menos ele tinha sido poupado de tudo isso.

Eles haviam comprado passagens para o Rio. O trem partiria de Petrópolis às dez horas. Chegariam a tempo para o almoço. Esperaram sobre a plataforma deserta da pequena estação, ele trajando seu terno bege, enquanto Lotte usava um vestido de algodão azul-claro. Levava debaixo do braço uma pasta de cartolina volumosa e lançava olhares inquietos ao seu redor.

– Calma, ninguém vai lhe roubar nada – zombou ela.

A observação acalmou-o por alguns segundos, depois retornou ao seu ânimo sombrio. Dois adolescentes cruzaram a plataforma poucos metros diante dele, que deu três passos para trás, firmando a pasta.

– Você não corre nenhum risco. Quem iria lhe roubar um manuscrito? As pessoas mal têm o que comer.

Ela ironizava, mas sabia da importância daquele manuscrito. Entendia seu medo de perdê-lo. De alguma maneira, era a sua vida que tinha entre as mãos. O livro fazia o resumo de um mundo que já não existia, exceto na lembrança de alguns poucos. O mundo tinha sido aniquilado. Quem senão ele seria capaz de rastrear essa época morta? Quem teria a genialidade de fazer reviver esses esplendores? Ele era o último, só restava ele para transmitir essa luz às gerações futuras. Esse livro era uma espécie de relíquia.

Lotte já conhecia cada frase, cada capítulo. Certas frases ficaram gravadas no seu espírito: "Falem então e escolham por mim, vocês mesmos, as minhas lembranças, e encontrem ao menos um reflexo da vida, antes que ela se desvaneça nas trevas." Ela havia lido todos os seus livros. Stefan nunca escrevera nada tão belo, tão profundo, tão luminoso e triste.

Fora ela quem datilografara cada página na velha Remington. Havia batido o título, *O mundo de outrora*. Mas Stefan estava indeciso. Pensava em *Geração perdida*, *Lembranças de um europeu* ou *Minhas três vidas*. Haviam trabalhado seis meses no livro. Ela usava o plural, pois, sim, havia participado da construção da obra. Ele escrevia em seu caderno. Ela batia sobre as folhas soltas. Ele relia as páginas, corrigia o texto, anotava nas margens intermináveis acréscimos. Ela redatilografava o texto corrigido.

Ela dizia:

– Está bom, está perfeito, não há mais nada a alterar. Este é o seu maior livro.

Ele recomeçava, passava os dias e as noites a corrigir. Stefan retornava incansavelmente ao texto, sempre insatisfeito, após cada versão. Não, explicava ele, isto não é digno daquilo que conheci. O objetivo era descrever a luz e as trevas, a guerra e a paz, a grandeza e a decadência. Ele perdia a saúde, um pouco de seu juízo.

Ele havia começado a redação de suas Memórias em Nova York. Mas sentia-se incapaz de se lembrar de cada instante, de juntar as peças do quebra-cabeças. Em geral, tinha à disposição uma quantidade de anotações e trabalhava nas bibliotecas. Mas não lhe restava nada que viesse em socorro de sua lembrança. Pensava então em reencontrar Friderike. Pior ainda, havia optado por mudar de casa para ficar mais perto da ex-mulher. Haviam deixado Nova York e se instalado naquele hotel antiquado e triste de Ossining, Connecticut, pela única razão de que Friderike morava nas proximidades. A cada manhã, deixava o quarto de hotel para se encontrar com ela, a pretexto de sua memória estar falhando e precisar reavivá-la com as lembranças da ex-mulher. Saía pela manhã e só regressava à tarde. Lotte sabia que nada de carnal acontecia entre eles. Era bem pior que isso. Imaginar os dois de mãos dadas naquele passeio rumo ao seu passado radiante era mais terrível do que saber que partilhavam a mesma cama. No dia seguinte, ela fixava os olhos sobre a Remington e vivenciava o mesmo pavor, como se testemunhasse os dois se abraçando. Friderike *sabia de tudo, lembrava de tudo*. Só havia uma única Sra. Zweig. E o livro testemunharia isso para a posteridade. Lotte não pertencia ao mundo de ontem. Este livro era o seu caixão, e ela mesma pregaria sua tampa. Stefan e Friderike conheciam-se havia trinta anos – de que valiam, em retrospecto, esses poucos últimos anos que tinha vivido ao lado dele? Friderike von Winternitz conhecera todos os instantes de glória, os momentos de triunfo, as aclamações em Berlim, Paris e Roma. Era Friderike quem conhecia os portões dos palácios vienenses, as escadarias adornadas de flores, o som dos violinos, das orquestras, os valetes em librés vermelhas, os vestidos de tule cor-de-rosa, os penteados altos, os xales rendados, as faixas de veludo, farta exibição de braceletes, a abertura dos bailes e danças inebriantes, pérolas finas ornamentando pescoços, os pratos sofisticados servidos, *boudoirs* onde pretendentes sussurravam palavras de amor ao som de mazurcas, pequenos salões e grandes emoções, palácios na Suíça e viagens em primeira classe, camarotes teatrais íntimos e silenciosos guarnecidos por cortinas grenás, as horas de grande sucesso, os momentos imortais das primeiras emoções, o encantamento dos primeiros lauréis. Foi Friederike quem saboreou as honrarias, as doces palavras de elogio, viu o futuro abrir-lhes as portas, os palácios de mármore, fogosos cavalos galopando à brisa fresca do entardecer. Para Lotte restaram os poços sem fundo do desespero, os pressentimentos funestos, as visões assustadoras, os caminhos do exílio, cabines de terceira classe, bangalôs decrépitos e carruagens puxadas por burros. Para uma, as loucuras indiferentes, para a outra, o mau humor. E o pior vinha agora: cinco anos após se divorciarem, Stefan ainda precisava ir atrás de Friderike. Para reviver aquilo que já tinham vivido.

Que bom seria se um daqueles adolescentes roubasse o manuscrito dele! O nome de Lotte só aparecia uma única vez naquelas 400 páginas. Uma simples anotação do seu diário:

> *Quarta-feira, 6 de setembro de 1940: Tivemos um rápido café da manhã. Eu me barbeei, depois o casamento sem cerimônia, uma simples formalidade: eu assumindo L.A. como minha legítima esposa.*
>
> *Quinta-feira, 7 de setembro: pela manhã, um monte de pequenas coisas para pôr em ordem.*

Lotte observou-o enquanto ele aferrava o manuscrito contra o peito. Ainda segurava Friderike em seus braços. Um chocalhar metálico na outra extremidade da plataforma. Um apito soou. Um sopro de fumaça preta. O trem parou. Subiram no segundo vagão. Sentou-se diante dele e o viu dar uma olhada em torno, como para se certificar de que os dois adolescentes não o haviam seguido. O trem deixou a estação. Ele colocou sua preciosa pasta sobre os joelhos, depois estendeu a mão para a esposa. O aperto de seus dedos dissipou a imagem de Friderike Maria von Winternitz.

Ela se levantou para se postar à janela. Os subúrbios da cidade imperial tinham um ar de esplendor desolado com suas mansões vazias naquele período do ano. Mais adiante, passaram por algumas propriedades invadidas pela vegetação tropical e depois por casebres diante dos quais brincavam crianças seminuas. O trem penetrou numa floresta. Lotte fechou os olhos e aspirou a plenos pulmões o ar que vinha de fora. Bananeiras, mangueiras e loureiros exalavam seu perfume. Abriu os olhos para uma imensa planície no meio da qual um lago se banhava de luz. O trem avançou, embalado pelo resfolegar das máquinas. No meio de uma rocha escarpada elevava-se uma igreja em ruínas. O trem desceu um vale e, tomada por uma vertigem, Lotte sentou-se.

Ele não se havia movido. Seu rosto, tal como seu corpo, parecia congelado na posição exata na qual havia deixado momentos antes. Seus olhos fixavam-se na porta do compartimento. Suas duas mãos apertavam a pasta sobre os joelhos. Lentamente, inclinou a cabeça e suas pálpebras fecharam-se. Seus lábios entreabertos revelavam parte de sua boca desdentada. O excesso de viagens acabara por estragar seus dentes. Era outra razão para a viagem ao Rio. Ele, o dândi de Viena, teria em breve um maxilar de aço. Não queria que ela o acompanhasse ao dentista. Dizia não precisar que lhe segurasse a mão quando lhe perfurassem o maxilar. Ainda tinha sua altivez de velho.

– Você ainda não tem sessenta anos – ela havia replicado. – Eu irei! Já o acompanhei ao fim do mundo e posso muito bem ir com você ao dentista.

Acabou cedendo. Lotte murmurou no seu ouvido:

– Eu iria com você até o inferno.

O solavanco do trem fez-lhe a cabeça bater contra a janela. Lotte receou que o contato contra o vidro o despertasse. Pegou seu casaco, dobrou-o e colocou contra a face dele. Olhou fixamente para o rosto de Stefan. Não, ele não havia envelhecido. Ainda mantinha uma postura impecável, levemente aristocrática. Tinha os cabelos de um homem ainda quarentão. Seu bigode castanho dava-lhe um ar galante que combinava com sua elegância natural. Perguntou-se como ele teria sido aos vinte anos, dizia-se que havia um tipo de homem que se tornava mais belo com a idade. Não, ela não o teria olhado aos vinte anos. Nunca prestara atenção nos homens jovens. Só gostava de homens maduros. Na realidade, nunca amara ninguém exceto ele. Lá estava ele agora, dormindo como um bebê. Ela jamais teria um bebê. Ele se sentia velho demais para ser pai, recusava-se a ser doador de vida nesse mundo hostil. A ex-mulher não se preocupara com isso, já era mãe de duas filhas de um casamento anterior.

Lotte acabara por se resignar. Sua saúde lhe permitiria ser mãe? “Você vai morrer no parto”, previam os médicos. Não queria morrer de parto. Não queria morrer afinal. Era por isso que o havia seguido, que o seguiria até o fim do mundo. Para que ele a protegesse, lhe desse a sensação de que sabia para onde ir. Ele tinha o dom de prever o futuro. Soubera a hora certa de partir da Áustria, de deixar a Inglaterra. Possuía um sexto sentido, conhecia os sombrios horizontes para onde se dirigia o mundo. Sabia como decidir para onde fugir. Ele abriu as pálpebras e levantou-se de repente. Perguntou se havia cochilado, um tom de constrangimento na voz. Ela respondeu que não. Stefan inclinou-se para ela, olhou-a direto nos olhos e disse que seriam felizes. Mas seus lábios permaneceram contraídos. Nada de alegre, descontraído ou prometedor soava de suas palavras. Ele queria recuperar a impressão que suas palavras haviam deixado. Ela sentiu, então, no dorso de sua mão, o calor incandescente dos dedos dele. Stefan perguntou-a se duvidava de seus objetivos. Pensava ela que ele estivesse mentindo?

– Eu acredito em você – disse. – Sempre acreditarei.

Ele disse que estava tudo bem. Era preciso desculpar suas mudanças de humor, seus acessos de melancolia. Não conseguia conter os sentimentos de horror que com frequência o acometiam.

– Eu sei – murmurou ela.

Às vezes, a luz não penetrava mais no seu espírito. Tudo ficava tomado de sombras e sofrimento. Via-se caminhando numa floresta onde as árvores eram cadáveres.

– Você não anda mais sozinho, estou a seu lado, no meio da floresta, e seguro sua mão.

Era preciso perdoá-lo. Em certos dias, tudo exalava uma pesada lassidão, a vida despertava no meio dos anos desaparecidos. Podia ela compreender? Ela podia compreender tudo. O canto melodioso dos pássaros, a promessa de uma primavera próxima, o simples anunciar de um novo dia –

nada disso lhe chegava mais. O sentimento de existir lhe faltava. O tempo não avançava mais, o desfile dos minutos e das horas imobilizou-se na manhã de 6 de março de 1934, quando deixou a Áustria. O grande relógio da estação de Viena havia parado. O tempo tinha congelado. Ele se sentia rejeitado para o outro lado do mundo. Ela compreendia, não? Tudo lhe havia sido dado, tudo lhe havia sido retomado. Sem dúvida ele não tinha o direito de se abandonar nesse estado de autocomiseração. Ele era um privilegiado. A maioria de seus amigos não tinha diabos imaginários nos seus calcanhares, mas sim demônios de verdade que haviam jurado sua perdição e aquela de seus próximos. Ele não tinha o direito de se deixar abater.

– Claro que você tem o direito – disse ela. – Você não possui a alma insensível dos guerreiros. Você sente as coisas mais dolorosamente. É um escritor.

Ele tinha consciência de que devia se mostrar forte perante a legião de fracos. Mas suas forças abandonavam-no. O vazio atraía-o.

– Você precisa somente de repouso, de um pouco de tranquilidade. Aqui vai recuperar sua saúde.

Ele esboçou um ligeiro sorriso.

– Olhe lá fora – disse ela.

E foi então que viu o mais impressionante panorama. O horizonte abria-se diante deles. A terra, a água e o fogo ocupavam um espaço infinito. O céu formava um arco gigantesco. Uma cadeia de montanhas de um verde espantoso e irreal descia rumo aos vales, onde parecia fervilhar uma vida subterrânea. A floresta lançava seus tentáculos ao redor de pequenas casas brancas. Aninhado à sombra de palmeiras, um aglomerado de casebres insinuava-se sobre as veredas. E, de súbito, o Rio surgiu à vista, uma multidão de arranha-céus que se empoleiravam em meio a palacetes em estilo *avant-garde*. A cidade era envolvida pelo braço espumoso do oceano, pontilhado por ilhotas verdes, navios oceânicos e veleiros. À direita, como sentinela montando guarda sobre aquele mundo de gigantes, estava o Cristo Redentor no alto do Corcovado. Tudo era ilimitado e iluminado. À medida que o trem avançava, os contornos do mundo se alargavam. A beleza havia invadido cada recanto de terra e, longe de ser sobrepujado por tamanho esplendor, o homem, em sua altivez, também se agigantava.

Stefan rompeu o silêncio. Com voz tépida, perguntou a Lotte se o tratamento dentário seria doloroso.

Ela nada respondeu.

Fizeram sinal para o primeiro táxi diante da estação e embarcaram. Lotte deu o nome do hotel onde eram esperados.

– O Copacabana Palace? – disse o taxista. – É o lugar mais bonito do mundo!

Atravessaram algumas ruelas, depois entraram numa avenida onde reinava uma agitação incessante.

– Parece até que estamos em Nova York! – exclamou Lotte. Baixou o vidro e Stefan gritou-lhe que tivesse cuidado, pois o ar devia estar saturado de impurezas.

– Aqui eu não tenho medo de nada! – gritou ela de volta.

Stefan invejou sua animação e acabou achando que estava certa. Era preciso viver o dia a dia, para parar de acreditar que o amanhã seria pior. Admitir o fato de estarem a salvo, pois ninguém viria procurá-los aqui. O táxi entrou num bulevar flanqueado por lojas e hotéis suntuosos. Seu olhar bateu num letreiro que exibia o nome Alberto Stern. Não leu sobre a vitrine nenhum apelo à morte nem inscrições como *"Juden"* ou *"Raus!"*. Na parede um pouco mais distante, nenhum cartaz denunciando um complô judeu, nenhuma caricatura de banqueiro de nariz adunco e barrigudo com bolsos abarrotados de dinheiro.

– De onde vocês vêm? – perguntou o taxista.

Ela respondeu que haviam chegado no mês passado dos Estados Unidos.

– São americanos?

– Não.

– Vocês não parecem. Aqui nós estimamos todos os estrangeiros, menos os americanos. Eles acham que estão em casa em toda parte que vão... Vocês são europeus, logo se vê, são pessoas refinadas. Nós aqui apreciamos o refinamento, não se deixem enganar pela sujeira das ruas. O povo brasileiro é um grande povo... E vocês, de onde são? Têm sotaque alemão. Recebemos um bocado de alemães de uns anos pra cá. São gente boa, os alemães. Eles se adaptam rápido. Chegaram aqui na miséria. Em dez anos compraram metade do Rio. Antes assim, faz prosperar o comércio. Eu acredito na economia. Os alemães desembarcam todo dia, navios inteiros. Eu bato palmas. Todas as manhãs, às oito em ponto, fico esperando no porto. Com uma única família, ganho meu dia. Mas, aqui entre nós, eles são menos generosos do que antes. É de se dizer que o tempo das vacas gordas terminou. Os bolsos e os navios estão menos cheios. Então, vocês são alemães... Austríacos? Também está bom. Um dos meus fregueses me disse que a Áustria não existe mais, tornou-se uma simples província alemã. Bem, eu não me meto em política, mas os alemães quiseram Hitler, ninguém os forçou. Aqui também é preciso um governante com mão de ferro. O presidente Vargas é o homem da situação. Ele não deixará que os comunistas cheguem ao Rio. Como se diz aqui, podemos acolher um judeu, mas ninguém tolera os comunistas. Vocês são comunistas? Se são ou não judeus, isso não me afeta em nada. Vejam o nosso Cristo Redentor lá no alto, era da tribo de Israel. Ele nos protege. Seja como for, nós estamos prontos para acolher toda a miséria do mundo. E, pelo que escuto nos noticiários, os principais pobres no mundo atualmente são os judeus. Aqui entre nós, e digo isto porque vocês não parecem judeus: cada um tem sua vez! Antes, a riqueza do mundo estava nas mãos dos judeus. A roda gira e um dia eles irão se safar. Eles têm um instinto de sobrevivência muito desenvolvido. O problema é que são agora muito numerosos aqui, ocupam os postos mais importantes. Odeiam Hitler de tal forma que são capazes de nos arrastar à guerra contra ele. Vejam o que fazem na América. Eles batem tanto à porta de Roosevelt que acabarão por atrair para sua causa o povo americano, que é um povo de pacifistas... pacifistas embrutecidos, eu diria. Vejam a encrenca em que Blum meteu os franceses. Os patifes alemães desfilam agora debaixo do Arco do Triunfo! Claro que Blum não teria a menor chance contra Hitler. Os judeus podem ser muito bons para as finanças e os belos discursos, mas não são lá grande coisa com uma arma nas mãos. Viram as imagens das tropas alemãs em Paris? Sem tomar partido por um lado ou outro, é preciso reconhecer o poderio deles e, afinal, um pouco de ordem não faria nenhum mal à França. Não, é bom que os judeus daqui não nos arrastem para a guerra, ou eu não os veria mais como amigos. Hitler não me fez mal algum, muito pelo contrário, ele é bom para o comércio. A guerra não é assunto nosso. Que os judeus partam para a guerra, se quiserem. Os navios estão no cais, prontos a embarcá-los para a Alemanha. Eles podem ficar somente se for para tomar banho de mar. Aqui no Rio não se conhece o racismo. Para quem já teve índios, pode-se muito bem acolher os judeus. É preciso simplesmente que cada um fique no seu lugar. Vejam os negros, eles ficam nas favelas, não se vê nenhum deles no Copacabana Palace. Bem, é isso. Meu trabalho seria muito menos prazeroso se eu não tivesse gente como vocês para conversar.

O motorista parou à entrada do hotel, recebeu pela corrida, desceu para abrir a porta a Lotte, desejou-lhes uma feliz estada e despediu-se. Eles se demoraram numa espécie de torpor sob a marquise do hotel, ao vento tépido que soprava do mar. Seguiram com os olhos o táxi afastando-se pela avenida. Fitaram-se em silêncio, com um ar de indignada estupefação. Entraram lentamente no hotel, de braços dados, do mesmo modo vacilante e incerto como se acabassem de sair, ilesos, mas grogues, de um acidente de automóvel. Atravessaram o grande saguão, cujas paredes eram decoradas com reproduções de retratos de Otto Gross. Alguns homens de terno, sentados em sofás de couro branco, ocupavam-se em esvaziar uma garrafa, suas vozes já engroladas. Na recepção, deram seus nomes e o de Abrahão Koogan, o homem com quem tinham encontro marcado. Um empregado apontou o dedo na direção do terraço, onde eram aguardados. Mal puseram os pés do lado de fora, tiveram a impressão de serem cegados pela luz, uma claridade flamejante que envolvia as pessoas, parecendo subir do oceano e solidificar-se no ar. Vozes cálidas e risos ardentes ressoavam sob os toldos brancos estendidos, que o vento agitava suavemente. Era como se estivessem no convés de um veleiro. Abrahão Koogan, o editor brasileiro, estava sentado sozinho a uma mesa, todo vestido de branco, com um Super

Fino Montecristi na cabeça. Koogan levantou-se e saudou-os com efusão. Abraçaram-se afetuosamente.

Koogan expressou sua alegria em revê-los, um ano mais tarde, sim, já fazia um ano, na primavera passada, setembro de 1940. Relembrou momentos da turnê de Zweig pela América do Sul – falou de triunfo, sim, como descrever de outra forma as multidões que acorriam para ouvir o escritor, os milhares de livros vendidos? Koogan enumerou os países percorridos. Ninguém podia obter tamanho sucesso. Nenhum autor no mundo. Nem mesmo Thomas Mann. Koogan ressaltou o quanto se orgulhava de ser o editor de Zweig, editor do maior escritor vivo da atualidade.

– Gostaria de champanhe para comemorar nosso reencontro?

Ele declinou da proposta. O maior escritor vivo da atualidade repetia Koogan. Stefan estimava Koogan e perdoava seus excessos de entusiasmo. Koogan falava de um tempo que não existia mais. Não havia editores na Alemanha, na Áustria. Seus livros estavam proibidos em toda a Europa. Ele não tinha mais pátria, nem casa.

– É verdade que você aprendeu português? – perguntou Koogan.

Stefan assentiu. Ele falava inglês e francês. Proferira seu ciclo de palestras na América do Sul em espanhol. Tinha a esperança um tanto vã de que um dia, tendo falado tantas línguas, seu vocabulário em alemão simplesmente se dissolvesse na mistura de palavras estrangeiras. A língua alemã seria uma língua morta em sua boca. Ele a expeliria num acesso de tosse. Talvez, então, a vida a retomasse. Mas o alemão era tenaz. As palavras grudavam em sua boca como mel, mesmo que essa língua se tivesse tornado o veneno do universo.

– Conte-me – disse Koogan. – Estou impaciente para saber o que contém o manuscrito que você me trouxe.

Zweig passou-lhe a pasta, pedindo que tomasse cuidado com o original, que só possuía duas cópias. A outra fora enviada na véspera de navio para a Suécia, para o bom Gottfried Hermann-Fischer, exilado em Estocolmo e que havia fundado uma pequena editora em língua alemã. Ao pôr o pacote no correio de Petrópolis, ele tivera a impressão de estar lançando uma garrafa ao mar. Achava que, antes da travessia do Atlântico, os alemães, sem dúvida, já teriam invadido a Suécia.

– Estou muito orgulhoso por ser o primeiro a receber um original seu – entusiasmou-se Koogan. – E não me importa qual seja. Sua autobiografia! – Ergueu os olhos para o céu. – Tenho nas mãos *O mundo que eu vi*!

Quem ainda poderia estar interessado no relato de sua vida? Como tinham sido aqueles longos meses passados na América, enfermo na prisão de seu passado? Ele se reprovou por ser tão orgulhoso. Querer escrever um livro de lembranças quando o presente daqueles que lhe eram próximos estava na corda bamba! Parte de seu círculo de amigos ocupava um cemitério, outra parte mofava em prisões da Alemanha. De repente, envergonhou-se de seu projeto. E, como se procurando desculpar-se, explicou suas intenções. Não se tratava exatamente de uma autobiografia. Ele não pretendera contar sua vida. O livro não era sobre sua existência, que nada tinha de interessante. Bastavam algumas palavras para resumi-la. Ele havia nascido. Ele havia escrito, nunca cessara de escrever. Ele havia fugido. E nunca tinha parado de fugir. Seu projeto não era divulgar seu passado, mas sim falar de pessoas excepcionais com quem tivera intimidade. Esboçar o retrato de uma época em vias de desaparecer, um mundo que os nazistas se empenhavam em destruir. Com este livro, tinha a impressão de ter forjado uma pequena urna funerária onde acomodar todos os seus amigos que não tiveram uma sepultura digna. Queria dar seu testemunho. Queria erigir uma pedra memorial bem no meio das ruínas. Tinha o mau pressentimento de que a cruz gamada flutuaria por decênios sobre Berlim, Viena e sobre a Europa inteira. Estava resignado a não ter mais pátria. Mas precisava dizer a seus leitores que o mundo não tinha sido sempre assim. Ignorava se o livro espalharia uma mensagem de esperança ou se, ao contrário, pela força dos contrastes, os leitores cairiam num desespero profundo. Nunca escrevera tentando passar uma mensagem, e havia sido até criticado por isso. Não era um escritor engajado. Queria tão-somente contar ao mundo as loucas paixões de seus heróis. Ele invejava os Mann, Thomas, Heinrich e Klaus, e seu incansável combate aos nazistas, invejava o seu xará Arnold Zweig e seu imorredouro socialismo. Também invejava Martin Buber e Schalom Asch e Einstein, que lutavam pela criação de um Estado judeu na Palestina. Ele não era portador de nenhuma ideologia. Detestava as ideologias. Havia simplesmente procurado as palavras para dizer: "Nós existimos". Não tinha certeza de que seria capaz de transmitir alguma coisa da civilização que havia conhecido. Era preciso ter crescido em Viena para mensurar a amplitude da morte em preparação. Queria esculpir uma pedra que mostrasse às gerações futuras que um dia vivera nesta terra uma raça agora extinta, o *Homo austrico-judaicus*. Aqueles que lessem seu livro não encontrariam quaisquer revelações sobre a afeição que lhe dedicava sua mãe, como também sobre o amor que seu pai tinha pelos dois filhos. Não escrevera uma frase acerca de sua vida sentimental, nem uma palavra sobre as duas esposas. Seus leitores poderiam somente especular sobre se ele era apenas um ser cerebral não propenso a sentimentalismos. Na realidade, Stefan só aparecia neste livro na qualidade de observador. Ele o escreveu com rapidez; a primeira versão das 400 páginas havia sido escrita em apenas seis semanas. O homem, que em geral penava para terminar romances de 60 páginas, escreveu 400 em apenas um mês e meio. Só restava a questão do título. Havia abandonado *Minhas três vidas* pelas razões antes mencionadas. *Nossa geração* era ainda mais pessoal. Não estava totalmente satisfeito com *O mundo que eu vi*. Por que não *Lembranças de um europeu*?

– Você terá todo o tempo para escolher – respondeu Koogan.

Stefan permaneceu em silêncio. Tinha ele na verdade tanto tempo? No próximo mês completaria 60 anos. Tinha vivido o essencial. Achava já ter visto o suficiente.

Koogan extraiu uma caixa de charutos do bolso interno do paletó. Pegou um Virginia Brissago e continuou, oferecendo-lhe um.

– Creio que são os seus preferidos.

Stefan explicou que fumaria mais tarde, pois tinha de comparecer a um compromisso importante. Acrescentou que Koogan e Lotte poderiam permanecer ali naquele ambiente sublime. Não demoraria. Koogan concordou gentilmente. Lotte fixou o olhar no marido, querendo lembrá-lo de sua promessa. Mas conteve-se, fingindo aquiescer, e acrescentou num murmúrio:

– Tem certeza de que não precisa de mim?

Mas ele já se levantara. Apertou a mão de Koogan e foi-se.

NOVEMBRO

Todas as manhãs, contemplava da varanda as alturas de Petrópolis e seus olhos, depois de anos habituados ao céu encoberto, viam desenrolar-se o esplendor do mundo. Ao amanhecer, tinha encontro marcado com a luz. O ar enchia-se do canto dos pássaros, a terra ganhava vida. Às vezes, ficava devaneando: hoje o vento tornará as nuvens sombrias, uma poeira negra irá escurecer o sol, os colibris entoarão um canto fúnebre. Mas não. A cada vez, a aurora clareava o horizonte. A vida desdobrava-se como uma onda.

Deixou seu posto avançado para ir tomar o café da manhã que a governanta havia servido. Bebeu seu cafezinho, cujo gosto, muito forte e muito açucarado, fazia-o esquecer os aromas de café que degustava na Michaelerplatz. Depois tomava um suco de goiaba, chupava uma jabuticaba, saboreava um açaí – que, segundo Rosária, possuía poder rejuvenescedor.

Mas não conseguia ficar sem ouvir os noticiários. O Japão preparava-se para entrar em guerra contra a América. Os submarinos do almirante Dönitz faziam reinar o terror sobre os oceanos. As tropas alemãs avançavam na União Soviética. *Drang nach Osten* – marchemos para o leste –, era a mesma política que Ludendorff havia empregado em

1918, mas que era agora aplicada com muito mais eficiência. Lituânia, Ucrânia e Crimeia tinham caído, Kiev, Minsk, Leningrado e Riga tinham caído – como poderia não imaginar o destino de milhões de judeus nos seus guetos à mercê dos soldados nazistas? Os tanques alemães estavam às portas de Moscou, a Operação Barbarossa era um sucesso inaudito. Os nazistas recolhiam o ouro do mundo e só deixavam cinzas à sua passagem.

Os alemães haviam ultrapassado os limites do mal. Contava-se que os soldados estavam prendendo até crianças. À medida que avançavam, os exércitos do Reich deixavam para trás pequenos batalhões de SS com o único objetivo de eliminar toda presença judia das terras conquistadas. As tropas esvaziavam os guetos. Os soldados matavam com uma bala na nuca mães e filhos, jovens e velhos. Até que ponto eles iriam? No início havia duvidado desses relatos. Além disso, essas atrocidades repetiam-se com tanta similaridade que começou a duvidar de si mesmo. Talvez estivesse ficando louco. Ele, que vivia afastado do mundo. O horror havia-se tornado a verdade desses tempos.

Experimentava esta impressão singular: as notícias das barbaridades cometidas já não o afetavam mais como antes. Desviava o olhar das manchetes que denunciavam os massacres. Teria se tornado insensível? A brisa tépida fazia-o virar a cabeça para o outro lado? A cachaça que Rosária lhe servia, assegurando-lhe que não era mais que açúcar de cana, conteria ingredientes maléficos? Gostava de pensar que aquelas pequenas bagas de gosto amargo com as quais se regalava, sem saber realmente o que comia, tivessem lançado algum feitiço nele, ou ainda que o culto ao qual Rosária pertencia, fazendo oferendas e rezas às imagens sacras, estivesse produzindo seus efeitos. Pensava em Exu, uma das forças da natureza que Rosária venerava. Exu era um semideus que ele sonhava tomar como exemplo, uma entidade que não tinha amigos nem inimigos, que ignorava o bem e o mal - muito embora alguns o considerassem a encarnação do diabo.

A frase de Heinrich Heine ocorria-lhe sem cessar, o grande Heine, que também tivera seus livros lançados à fogueira.

> *Quando sonho com a Alemanha à noite, imediatamente perco o sono.*

Ele não queria mais pensar na Alemanha. Esperava um dia ter uma noite inteira de sono.

No Rio, a situação política melhorava. Claro que o regime era uma forma de ditadura, a personalidade de Vargas era mais próxima de Franco do que de Roosevelt. Seu Estado Novo havia proscrito os partidos políticos, jogara na prisão os comunistas. Mas o presidente, adepto de Maquiavel, após haver simpatizado com o Reich, estava se aproximando dos Estados Unidos. O Sul aproximava-se do Norte. A América inteira, o mais vasto dos continentes, ia partir para a guerra contra o continente nazificado. Não, o futuro não era tão sombrio.

Recobrou a esperança. Na semana anterior produziu-se um pequeno milagre. Ele havia descido ao porão. Lá, em meio a móveis e roupas descartados, encontrou uma caixa de madeira cheia de livros. Ele havia extraído três obras didáticas, dois manuais de matemática, um dicionário de francês e livros em português. Ao descobrir *Sonata a Kreutzer* e *Anna Karenina*, viu-se de volta anos atrás, em 1928, caminhando pela floresta ao lado da filha de Tolstoi, seguindo para o túmulo do gênio.

E a seguir deu-se o milagre. Sua mão havia retirado dois volumes dos *Ensaios* de Montaigne. Na capa estava desenhado o retrato de Montaigne e parecia que lhe sorria. Stefan pusera os livros debaixo do braço, subira os degraus de quatro em quatro, acomodara-se na varanda e começara a ler, como se fosse a carta há muito aguardada de um amigo distante. Tinha lido os *Ensaios* quando jovem, mas que importância teria o estoicismo, a sabedoria e o autocontrole para um rapaz de vinte anos? Era Nietzsche quem o obcecava à época, Nietzsche, a quem havia dedicado uma biografia inteira, Nietzsche, que foi adotado mais tarde por Goebbels como sua autoridade moral.

Os tempos haviam mudado. O mundo parecia com aquele no qual Montaigne tinha vivido. Uma terra desolada, um eterno Massacre de São Bartolomeu. Sua própria existência parecia tomar o mesmo caminho que aquele do francês, uma vida de reclusão, de fuga. A peste abatera-se sobre a Europa tal como, na época, havia dizimado o reino da França. A peste tinha irrompido na casa de Montaigne, tal como viera bater à porta de Kapuzinerberg. Ele havia fugido de Salzburgo da mesma forma que Montaigne de seu castelo bordelês. O francês – tetraneto de Moshe Paçagon – havia vagueado de uma cidade a outra, rejeitado, incompreendido, alegando estar com medo de morrer, com medo da peste, repetindo que só queria viver, se preservar. Ele e Montaigne não eram heróis. Quatrocentos anos separavam-nos, mas tinham a mesma obsessão: ser fiéis a si mesmos – quer durante o massacre de São Bartolomeu, quer durante os horrores da Noite dos Cristais.

Começou a ler com fervor. Era como se estivesse escutando a voz de um irmão murmurando em seu ouvido: "Não se preocupe com a humanidade em vias de se destruir, construa seu próprio mundo." Uma voz consoladora, repleta de sabedoria e doçura. Tendo terminado o primeiro volume, ocorreu-lhe uma ideia. Já que não conseguia terminar seu *Balzac* - Balzac estava além de suas forças, além de seu talento - por que não começar uma biografia de Montaigne? Isto lhe daria um motivo de se levantar a cada manhã, sair à procura de seu irmão de sina - seu próprio irmão, Alfred, havia encontrado asilo em Nova York e, apesar do amor que os unia, às vezes pareciam estranhos um ao outro. Sim, ele partilhava com Montaigne uma espécie de fraternidade do destino. E ele tinha necessidade, por escrever biografias, de uma forte ressonância, de uma forma de identificação. "Você pratica a arte da transferência às mil maravilhas", havia elogiado Freud. Falar sobre um outro era uma maneira de falar de si mesmo. Ele escrevera cerca de vinte ensaios, mas não se considerava uma historiador, nem alegava ser um biógrafo. Era um escritor, apenas isso. A verdade dos fatos era algo secundário, e raramente se preocupava com o trabalho em si. Jules Romains tinha razão ao ironizar acerca de sua falta de distanciamento dos seus temas, os indícios de autoconfissão que permeavam suas biografias, as incoerências que cometia - ah, o seu *Stendhal*! Somente o indivíduo lhe interessava, penetrar na sua psicologia, revelar seus segredos e, mais do que se fazer passar por um analista erudito de sua obra, queria mergulhar nas profundezas de sua alma, elucidar o mistério do homem. Sim, ele iria se dedicar à redação de um *Montaigne*. Quem sabe se, ao longo da escrita, sua personagem não lhe ensinaria a como preservar a sanidade? Escrever sobre Montaigne, aprender a manter sua humanidade intacta em meio à barbárie.

***

Lotte acordou cedo e animada essa manhã. Já fazia um mês agora que recuperara a saúde. A asma já não lhe tirava o sono, seu coração batia num ritmo mais lento. Era de novo a jovem mulher que Stefan conhecera sete anos antes. Um sortilégio reinava sobre a casa. A doença se fora. O diabo não mais obscurecia a porta.

Lotte retornou à casa por volta do meio-dia. Tinha ido ao mercado com Rosária. Haviam passado pela rua da Imperatriz, parado diante da catedral no meio de uma multidão de fiéis, tinham descido a avenida Koeler, admirado o palácio Rio Negro, atravessado o canal para a praça Rui Barbosa.

– Rosária acha que minha pronúncia melhorou, eu, que mal conseguia dominar o inglês! Paramos num quiosque perto da Casa do Barão... o suco de goiaba estava suculento!

Sua voz não tremia mais. O medo havia deixado seu olhar. O ar de melancolia estava totalmente dissipado. Voltava à vida.

– Hoje – continuou ela – Rosária me ensinou um bocado de coisas. Logo meu português estará tão bom quanto o seu e poderei ir ao Rio sozinha, já que você não gosta de ir até lá e prefere ficar aqui. Eu compreendo, você tem que escrever, agora pode enfim trabalhar com calma. Eu gostaria tanto de passear na avenida Rio Branco, ir ao teatro na praça Floriano, caminhar à beira da praia... Para pegar um ônibus, pergunta-se: "Onde fica o ponto de ônibus?" Um bilhete é "uma passagem", e você diz "quero ir para". Ir às lojas é "fazer compras" e se o preço é alto diz-se "muito caro".

Ela caiu na gargalhada.

– Quero aquele vestido: *muito caro!*

Stefan respondeu que podia ir sozinha ao Rio. Alugariam um táxi e os sobrinhos de Koogan a levariam para conhecer a cidade.

– Mas e você? É do seu lado que eu gostaria de passear. Eu sei que não é um bom momento. Você enfim retomou seu trabalho, não pode ser distraído. Você escreveu ontem à noite?

Ele aquiesceu. Pouco a pouco, reencontrava as suas faculdades de concentração. Começara a pesquisar sobre Montaigne na biblioteca municipal de Petrópolis e, para sua surpresa, as prateleiras continham diversas obras sobre o escritor francês. E houve um grande presente do destino: Fortunat Strowski, o maior especialista em Montaigne, vivia no Rio. Koogan propôs um encontro.

– Está vendo? – disse Lotte. – O vento começa a mudar. Os dias ruins ficaram para trás.

Lotte tinha razão, o melhor estava por vir.

– Está um dia bonito lá fora. Venha tomar um ar fresco comigo. Vai escrever com mais energia depois disso.

Desceram até uma pracinha da avenida Koeler, sentaram-se à varanda de um café ocupado na maior parte por cariocas endinheirados que certamente estavam em férias de verão.

Fizeram os pedidos. Logo, uma dama saiu do grupo e veio na direção deles. Postou-se diante de Stefan e disse, num inglês carregado de forte sotaque português:

– Com licença, o senhor é... Stefan Zweig? O jornal anunciou sua presença em Petrópolis. Meu nome é Consuelo Burgos e meu marido é o professor Burgos, o melhor cirurgião do Rio... Já li toda a sua obra, a *Piedade perigosa* e *O medo*, e *Coração inquieto* e aquele que estou sempre relendo, *Vinte e quatro horas da vida de uma mulher*. Sempre me perguntei como um homem pode penetrar o espírito feminino a tal ponto. Qual o seu segredo? Realiza uma enquete, entrevista as mulheres? Sai em busca de todas as verdades? Tenho uma expressão para me referir ao senhor. Chamo-o de *investigador da alma*... já me fez viajar até Monte Carlo com a Sra. C, a heroína de seu livro, e espero que eu também caia perdidamente apaixonada por esse homem jovem de mãos magníficas... e além disso posso lhe confidenciar, porque o senhor é como um amigo, afinal, um amigo cujas palavras aquecem o coração. Também já vivi uma paixão assim, infelizmente, era um amante de passagem e carregou meu coração com ele, não se pode confiar nos homens... Bem, vamos esquecer o passado, tenho de lhe fazer outra revelação: eu também escrevo, mais ou menos como o senhor, conto a história de mulheres consumidas pela paixão, mas minhas heroínas são diferentes das suas, elas não pensam em pôr fim a sua existência, não, elas se apegam demais à vida e, em certo sentido, não são elas coerentes? A vida não vale a pena ser vivida nesse ambiente abençoado pelos deuses? Não, essas damas acabam sempre voltando para seus queridos maridos aos quais elas perdoam a falta de amor e de atenção. Porque não passou de um caso fortuito, afinal. Se o senhor me permitir, deixarei meus textos no bar amanhã e o senhor vai me responder, não vai? Não me faça esperar demais, minha postura tranquila abriga um espírito atormentado... Antes de ir embora gostaria de lhe dizer obrigada em nome do povo brasileiro, obrigada pelo seu *Brasil, país do futuro*. Meu marido disse que é como se o senhor tivesse dissecado o corpo de nosso continente... E, sobretudo, não dê ouvidos às críticas que lhe são feitas, nós sabemos que este livro não foi uma encomenda do governo, que o senhor não foi pago por nosso presidente para elogiar o país. O senhor é um homem honesto, Sr. Zweig, embora, claro, se possa lamentar que seu livro passe uma imagem folclórica do Brasil. Mas eu lhe pergunto: que outra coisa se poderia esperar de um estrangeiro? E, como eu repito àqueles que o criticam: sua especialidade não é o coração dos países, mas sim o das mulheres. É como se pedissem a meu marido que curasse a tuberculose: ele extrairia os pulmões dos pacientes... O senhor retratou o Brasil exatamente como o vê e eu, agora bem aqui a sua frente, posso confirmar: mais ainda que nas fotos, o seu olhar é profundo, é um olhar sincero, se posso me permitir diante de sua acompanhante, pois suponho que seja sua esposa. Encantada e muito honrada, senhora, espero que reconheça o privilégio de estar casada com um homem tão importante, esposa daquele que sonda o coração das mulheres, pode acreditar, casada com um homem que perfura o corpo dos homens. A senhora tem muita sorte... Não quero importuná-los por muito tempo, então, antes de deixá-los, poderia o senhor me dar seu autógrafo? Pode ser aqui no meu lenço, tome, será meu lenço mais precioso. Agradeço de coração, Sr. Zweig, e sobretudo siga o meu conselho: esqueça os artigos que o acusam de ter traído o país que o acolheu. Não acredite numa palavra daqueles que afirmam: "Zweig vendeu sua pena por um visto". Ou daqueles que dizem que *Brasil, país do futuro* é uma encomenda do governo. Não, o senhor não é um propagandista do nosso grande presidente Vargas, que Deus proteja sua alma, são as más línguas que falam assim do senhor, que é a bondade personificada.

Ela pegou de volta o lenço autografado e voltou para sua mesa.

Seu semblante estava sombrio, o olhar perdido. Lotte agitou a mão diante de seus olhos.

– Você viu? Isso é maravilhoso – disse ela. – Você é tão famoso aqui quanto em Viena!

Ele sugeriu voltarem para casa.

***

A campainha da porta soou no silêncio do crepúsculo. Ele percebeu os passos da governanta no corredor. Houve uma agitação e ele virou a cabeça.

– Feliz aniversário, Stefan!

Eles estavam postados na entrada da sala, Abrahão Koogan e sua esposa, Cláudio de Souza, o presidente do Pen Club brasileiro, Ernst Feder e sua mulher – o ex-redator-chefe do *Berliner Tageblatt* morava havia pouco tempo na casa ao lado. Stefan levantou, abraçou os amigos um por um sob o olhar de Lotte, recostada a um canto da sala, um pouco distante. Essa pequena festa de aniversário por seus sessenta anos tinha sido ideia dela, mantida em segredo por um bom tempo. Ela havia hesitado e até mesmo abandonado o plano em diversas ocasiões. Recordava as palavras dele: "Não temos o direito de ser felizes neste momento, nem como homens nem como judeus. Não somos melhores nem mais valiosos do que aqueles que estão sendo perseguidos na Europa."

Ao longo de toda a semana, ela havia empregado truques para os preparativos. Temia sua reação – não gostava de surpresas e detestava ser festejado. Pior ainda, incomodava-o a ideia de comemorar seu 60º aniversário. O contraste entre o dia de seus 50 anos e o dia de hoje era assustador. Bastara uma década para ele ser transportado da luz para as trevas. No seu cinquentenário, Stefan havia recebido em Kapuzinerberg uma montanha de cartas de amigos e leitores do mundo inteiro. Hoje não tinha domicílio fixo e seus livros haviam virado cinzas. Este 28 de novembro de 1941 aterrorizava-o. Tinha 60 anos e sentia a velhice chegar. Mais alguns meses e teria vivido mais tempo que seu próprio pai. Seus amigos, Ernst Weiss, Erwin Rieger e Ernst Toller haviam escolhido pôr fim à própria vida, outros tinham sido assassinados ou apodreciam em Dachau. Feliz aniversário? Ele não havia desejado passar esse dia em casa. Aceitara a sugestão de Lotte de visitar Teresópolis, a 50 quilômetros do Rio. Passearam pelas ruas da cidade, aninhada no flanco de uma montanha. De cada esquina podiam apreciar os picos e vales da serra dos Órgãos estendendo-se a perder de vista. Pararam num restaurante da rua Feliciano Sodré. Tinha sido um dia agradável. Ele estava com medo a troco de nada. Ao retornarem, no fim da tarde, descobriu pousado sobre a mesa no meio da sala, um presente que o emocionou. Por artes de que magia Lotte pudera encontrar, no velho sebo da rua São José, as obras completas de Balzac? A edição, embora velha de várias décadas, estava em bom estado. Considerou isso um bom presságio. Balzac conseguira chegar até ele. Em breve, toda a documentação que reunira sobre o francês deveria chegar de Londres. Ele tinha seus motivos para esperar.

Terminados os abraços, veio a hora dos presentes. Ernst Feder foi o primeiro, com um volume da obra de Montaigne encadernado em couro.

– Aqui está, meu bom Stefan, possa esta sábia presença dissipar suas ideias negras...

A seguir foi a vez de Abrahão Koogan. Da sacola entreaberta que tinha na mão saltou um cãozinho. O fox-terrier provocou risos ao vir lamber as pernas dos convidados. Cláudio de Souza ofereceu uma edição em brochura de *Brasil, país do futuro*, com uma mensagem de felicitações de Macedo Soares, o ministro das Relações Exteriores. A governanta entregou-lhe em seguida uma dezena de telegramas chegados durante o dia. Lotte afastou-se quando Stefan começou a ler o telegrama enviado por sua ex-mulher de Nova York. Voltou um momento mais tarde, trazendo aquele que sabia ser o presente mais maravilhoso, enviado por Jules Romains e chegado na véspera. O amigo francês, em Nova York, havia preparado um *Festschrift*, um livro comemorativo na pura tradição germânica, um presente celebrando de maneira gloriosa o dia de aniversário. Numa edição de tiragem limitada composta para a ocasião, era o texto da conferência que o escritor francês havia proferido em 1939, em Paris, intitulada *Stefan Zweig, grande europeu*. As cinquenta páginas apresentavam um retrato laudatório da sociedade vienense. Vinha em dois volumes, um em francês e encadernado em couro da Éditions de la Maison, o outro em inglês. O livro de Jules Romains levou Zweig às lágrimas. Friderike estava esquecida!

Feder folheou a obra.

– Agora você pode morrer tranquilo – comentou. – Seu necrológio foi editado.

Jantaram um assado com batatas preparadas à moda europeia, segundo a receita que Lotte havia ensinado a Rosária, embora estivesse bastante apimentado e malpassado. Durante a sobremesa, por um momento Lotte teve a tentação de abrir a garrafa de champanhe trazida por Feder. Ela se lembrou das palavras do marido: "Para os judeus não há mais celebrações nesses dias, sobreviver é o melhor que eles podem esperar." Não, o champanhe seria demais.

Ao término da refeição, ele se levantou para pegar em seu escritório uma folha de papel um tanto amarrotada, voltou à mesa, bateu com a colher em seu copo para pedir silêncio. Garantiu aos convivas que não faria um discurso longo. Começou agradecendo pelos presentes. Desdobrou a folha e explicou que escrevera um poema para seu aniversário e pediu a indulgência dos convidados. Fazia muito tempo que não escrevia versos, e aqueles seriam certamente os seus últimos. Tinham como único mérito expressar o mais fielmente possível seu atual estado de espírito. Ajustou os óculos e começou a ler. A voz estava trêmula, mas os olhos permaneciam secos - o que era o mais importante.

Os agradecimentos do sexagenário

Mais doce é a dança das horas
Quando os cabelos já estão grisalhos.
É na hora em que a taça está vazia
Que se pode ver o ouro no fundo.
O pressentimento da treva iminente
Não assusta, mas consola!
Só quem pode apreciar a alegria de
Contemplar o mundo
É aquele que não deseja mais nada,
Que não pergunta mais onde chegou,
Que não lamenta mais o que perdeu
E para o qual envelhecer nada mais é
Que o prenúncio de sua partida.

A vista nunca é mais cintilante e livre
Do que à luz do poente.
Nunca se ama a vida mais sinceramente
Do que à sombra da renúncia.

O silêncio caiu sobre a sala. Os convidados pareciam aturdidos. Ele recolheu a folha, pôs no bolso e sentou-se. Lotte, os olhos inundados de lágrimas, levantou-se bruscamente, depois precipitou-se para o quarto. Feder comentou:

– Talvez seja melhor você se contentar em escrever em prosa... visto o efeito que seus versos provocam nos seus próximos.

Ele se desculpou, pediu licença e foi juntar-se a Lotte. Sentou-se sobre o leito, perto da mulher banhada em lágrimas, murmurou algumas palavras de reconforto, sacou um lenço, enxugou-lhe as faces e a fronte. Ela o fitou no fundo dos olhos e disse, a voz embargada:

– Não quero ficar neste mundo sem você. Eu o acompanharei até o além. Não me deixe sozinha!

Ele respondeu que jamais a abandonaria. Ela poderia segui-lo para onde quer que ele fosse.

Essas palavras apaziguaram o desespero de Lotte. Seus soluços cessaram. Stefan disse-lhe que voltaria para a companhia dos convidados, sugerindo que o seguisse logo depois. Ela concordou, beijou-o nos lábios, segurou-lhe a mão, abraçou-o fortemente. Ele afastou-a, tinha de voltar para a sala. Olhou-se no espelho, puxou para trás uma mecha e achou que seus cabelos estavam caindo, tal como tinha acontecido com seus dentes. Era um homem velho. Alisou a roupa e saiu do quarto. Diante de seus convidados, recuperou o sorriso um tanto forçado que costumava ostentar socialmente e que acreditava dar a impressão de que fosse um homem frívolo e indiferente.

Antes de se deitar, como fazia a cada noite, foi até o banheiro para tomar seus soníferos. Tirou três comprimidos da caixa, engoliu-os com um copo d'água, fechou a caixa, depois mudou de ideia e repetiu a dosagem.

Naquela noite, sua mãe visitou-o durante o sono. Ela caminhava pelos longos corredores do apartamento da Rathausstrasse, 17. Abanava-se graciosamente com um leque. Usava um vestido longo de veludo escuro. Como de hábito, os saltos altos não prejudicavam seu andar e davam a ilusão de que media mais do que seu 1,60 m. Ela se aproximou radiante, um arranjo de joias em volta do pescoço e braceletes tilintando nos pulsos. O pequeno Stefan estava sentado no chão, vestido de *short* azul-marinho e camisa listrada que a mãe escolhera para ele. Ele a viu passar, sem saber o que dizer para detê-la. Naquela noite, como em todas as noites, ele jantaria sozinho com seu irmão. Depois que a mãe passou, Stefan não se conteve: levantou e foi atrás dela oferecer sua face para um beijo. Ela fingiu ignorá-lo e seguiu em frente, sem se voltar. Chegando ao fim do corredor, ela ordenou-lhe que voltasse para seu quarto. O que estava fazendo ele, sentado no chão? Não eram maneiras para um Zweig! Ele começou a correr atrás dela, correu até perder o fôlego, e quando seus dedos tocaram o tecido do vestido da mãe, de súbito uma viva claridade expandiu-se em torno dele. Sua mãe estava estendida na cama, os cabelos tinham embranquecido, a pele perdera o brilho de outrora. Ela não fez nenhum gesto em sua direção. Seu olhar era sombrio e sem vida. Os ouvidos não escutavam mais. Tinha as faces afundadas e a testa pálida. Ele se aproximou para acariciar-lhe o braço, sua mão alcançou o vazio. Espichou os lábios para um beijo, sua boca tocou o nada.

Acordou sobressaltado, coberto de suor.

Ele não pudera fechar os olhos da mãe quando morreu. Não havia entoado a *kaddish*, a prece dos mortos. Não havia cumprido o mandamento mais importante de todo filho judeu. Em agosto de 1938, quando Ida Zweig tinha dado seu último suspiro, ele já fugira da Áustria fazia anos e fora proibido de voltar para prantear aquela que o havia posto no mundo. As tropas alemãs tinham entrado em Viena em 13 de março de 1938. Seis meses mais tarde, a barbárie já se abatia sobre os judeus. Sua mãe, inválida, surda, com 84 anos, havia sofrido as piores humilhações. Nos primeiros dias do *Anschluss*, ela pudera ver os livros do filho sendo queimados sobre as piras montadas nas praças de Viena. Se aquela velha dama tivesse encontrado forças para passear em um jardim do Prater, teria sido proibida, sob pena de morte, de sentar-se num dos bancos. Ida rapidamente adoecera. O primo Egon recebera permissão de visitá-la diariamente. Uma enfermeira paga a peso de ouro, uma mulher ariana, dormia no quarto ao lado. E, como um judeu não devia dormir sob o mesmo teto que uma ariana, Egon foi proibido de permanecer ao lado de Ida nas noites em que o fim se aproximava.

Ida Zweig morreu sozinha, numa noite de verão de 1938. De certa maneira, tão logo a notícia lhe chegou, quase sentiu-se aliviado. Sim, era isso que os nazistas conseguiam, um filho podia sentir-se aliviado com a morte da mãe. Esse fim pelo menos a poupara de sofrer as mais terríveis sevícias, crueldades inomináveis. Alguns meses mais tarde, haviam obrigado todos os judeus de Viena a deixar seus apartamentos para morar fora dos limites do Ring, em casas decrépitas onde amontoavam as famílias. Em um ano Viena tornou-se uma cidade sem judeus.

Ele não dissera a prece dos mortos para sua mãe, ele, que pronunciava tantas orações fúnebres para tantos entes queridos, de Rilke a Freud. Mas não sabia orar em hebraico. Seus pais não haviam desejado que ele aprendesse a língua dos ancestrais. Quem se atrevia, à época, ser judeu em Viena?

DEZEMBRO

O espírito do Iluminismo pairava sobre as colinas depois da chegada a Petrópolis de Ernst Feder, o homem que havia dirigido o *Berliner Tageblatt*, prestigioso jornal berlinense. Antes do advento do nazismo, os dois novos vizinhos encontraram-se por diversas vezes em Berlim. Feder sentia-se honrado de contar com Stefan Zweig entre os colaboradores ocasionais de seu caderno literário. Onde mais ele desenvolvera seu estilo depois de sua primeira resenha no *Neue freie Presse* de Herzl em 1901? Ele escrevera em quase todos os jornais e revistas da Europa, elogiando autores renomados ou revelando novos talentos. A própria aceitação literária de Stefan não tinha sido um mar de rosas. Criticaram a sua tibieza, a superficialidade de seus entusiasmos. E depois vinham solicitar seu apoio. Esse circo hoje lhe parecia muito vazio e distante.

De vez em quando ia jantar com Feder no Café Élégant, restaurante onde as mesas eram dispostas no fundo da rua Dias. Era uma pequena espelunca com poucos metros de fachada, mas onde serviam outros pratos que não feijoada e onde se degustava um café melhor ainda que o de Viena. Sentado na varanda diante de um amigo que falava sua língua, Stefan tinha a impressão de ter voltado no tempo.

Ele estimava a Feder. O jornalista possuía aquele humor, aquela frieza a respeito dos acontecimentos do mundo que tanto lhe faltavam. Ele conseguia ridicularizar os piores infortúnios. Era o alemão típico, judeu até a raiz dos cabelos.

– Eu conservo um otimismo natural – ousava dizer. Haja vista a reviravolta dos acontecimentos, o Reich certamente não vai durar mil anos. Eu lhe dou quinhentos, no máximo. Ora, eu lhe garanto isso com o mesmo fervor que expressei a Walter Benjamin: não temos nenhuma razão para entrar em desespero!

Por que acaso da História se encontravam eles, o célebre jornalista berlinense e o escritor austríaco, no meio daquele belo vale cercado pela mata? Aqui evocavam os tempos de outrora. Falavam de literatura, questionavam-se sobre os talentos comparados de Heine e Schiller, debatiam Goethe e Nietzsche. Enumeravam os livros que conseguiram trazer para o exílio. Discutiam sobre o movimento "Jovem Viena". Interrogavam-se sobre quem, entre Schnitzler, Hofmannsthal e Rilke, Jakob Wassermann ou Hermann Hesse, ainda merecia ser lido. Mas nunca se entendiam acerca de qual deles passaria à posteridade. Jamais falavam do futuro. O futuro não existia nesse lugar. O próprio presente tinha alguma coisa de irreal. Estavam ali, os dois, como dez anos antes, exceto que as trepadeiras se enroscavam em torno do letreiro do café. Guinchos de macacos emanavam da mata próxima. Não, isto aqui não era Viena. Não estavam no Café Central nem no Café Museum. Petrópolis parecia uma cidade fantasma e eles eram os fantasmas. Não seria surpresa ver de repente as árvores ao redor deles começarem a se movimentar, as montanhas mudarem de lugar. E, de súbito, as trevas cobrirem céu e terra.

Tão logo passavam aos tempos atuais, a conversa interrompia-se rapidamente. Cedia lugar a um silêncio como se acompanhassem um cortejo fúnebre. Depois, pediam ao proprietário um tabuleiro de xadrez e disputavam uma partida. Stefan era um jogador medíocre, mesmo que, recentemente, tivesse consultado um pequeno livro que resumia as partidas dos maiores mestres do xadrez, obra que trouxera de Nova York sem saber realmente por quê. Começara a ler a bordo do navio que o trazia para o Brasil e uma ideia nova ocorreu-lhe. Ele ignorava o que faria com essa história tão logo acabasse de escrevê-la. Ela havia ganhado forma, primeiro na sua cabeça e depois as palavras vinham-lhe quase sem esforço – era um escritor que nunca passara pela angústia da página em branco. Sem dúvida teria preferido conhecer esses pavores da arte de escrever. Ele escrevia como pensava. As personagens desenhavam-se rapidamente, as aventuras atropelavam-se na sua mente, as histórias tomavam forma, quase sempre as mesmas. Teria adorado sondar mais profunda e longamente as psiques, contudo, a cada vez, ao cabo de algumas semanas, tinha a sensação de ter esgotado seu tema. No final, eram sempre histórias curtas e parecidas de paixões exclusivas, amores desenfreados de funestas consequências. Tudo era irremediavelmente ávido e repleto de ardor – o inverso de sua própria natureza, em suma. Sua obra iluminava uma sucessão de corações em fogo, seus heróis jogando-se nas chamas – enquanto ele ardia interiormente. Sim, qualquer que fosse o tema de suas ficções, era sempre mais ou menos o mesmo velho tom. Suas personagens tentavam resistir às paixões que as moviam. Uma vez que desistissem, sua consciência culpada fazia-as renunciar à vida ou afundar na loucura. Aos olhos de Stefan, sua obra repousava sobre um mecanismo por demais simplista: o fogo da paixão, as chamas do inferno. Ele se censurava por ter permanecido à superfície dos sentimentos, de não ter jamais encontrado a nuance, sim, eis por que nunca tinha sido capaz de escrever senão textos curtos e jamais teve a coragem de mergulhar nas profundezas de suas personagens. Jamais conseguiu a proeza de contar uma vida inteira. Jamais uma grande obra, um romance volumoso e pesado, qualquer coisa ao mesmo tempo densa e abundante, como *Berlin Alexanderplatz* e *A montanha mágica*... Klaus Mann e Ernst Weiss tinham razão em zombar dele. Zweig não passava de um escritor menor, um diletante, um cronista mundano, um grande burguês que ignorava a dor de escrever. Quanto ao seu herói do momento, o jogador de xadrez, ele ainda não fazia a menor ideia do que iria lhe acontecer, mas não havia nenhuma dúvida de que o doutor B. conheceria o destino da maioria das suas outras personagens: a loucura ou a morte.

Uma noite, Feder confidenciou-lhe:

– Bem, já perdi minha casa, minha pátria, meu jornal e ignoro para onde foi a maior parte de minha família, mas tenho uma boa razão para estar satisfeito com minha condição: imagine o livro que vou poder escrever quando tudo isso estiver terminado. Vejo esta situação como uma espécie de *Robinson Crusoé*, mas tratando de um judeu alemão e narrado do ponto de vista de Sexta-Feira. Sim, eu serei Sexta-Feira, e, como o destino dos judeus está em risco por toda parte, eu me chamarei Sábado. Sim, Shabbat será meu pseudônimo, meu nome ilustre e sagrado. Eu sou Shabbat e vivo numa ilha ao lado do grande Crusozweig. Meu livro contará a história deste Crusozweig, sozinho no meio da selva. Fique tranquilo, não tomei nota de nada. Mas a memória registra tudo. E já vejo o título na capa: *Cinco anos ao lado de Stefan Zweig*. Sim, eu partilho o seu otimismo natural: decididamente, a guerra não acabará antes de 1946 ou 1947. Já tenho o clímax da história, o capítulo intitulado "O dia em que Zweig sorriu". Mas o capítulo "O dia em que Zweig derramou uma lágrima" também será bom... Nós faremos uma turnê de conferências. Você estará ao meu lado, não terá que fazer nada senão balançar a cabeça. Meu livro terá todo o foco sobre sua personagem. Revelarei que você é de fato pleno de humor e de agradável convívio, um homem que gosta de rir, que vê o futuro cor de rosa e que nada mais ambiciona na vida a não ser fumar um bom charuto. Sim, eu, Ernst Feder, serei o biógrafo daquele que se tornará, depois da guerra, o primeiro judeu a ganhar o prêmio Nobel de literatura! Bem, estou esquecendo Bergson, mas será que o que Bergson escreve é realmente literatura?

Feder nada mais fazia senão manter a ironia. Era um arguto conhecedor de seus romances, e suas análises constituíam um precioso estímulo. Tendo um leitor como Feder, ele se tornava de novo um escritor, era enfim ele mesmo, recuperava sua identidade. Escapava da punição do exílio.

– O que aprecio em você – explicou Feder – é o seu lado freudiano. Sim, freudiano. Você não conta uma história. Você utiliza um narrador para contar uma história, e esse narrador entretém-se com um terceiro, que ouve sua confissão. Você elevou ao mais alto nível a técnica de narrativa inserida. Você inventou o estilo *romanesco psicanalítico*. É você o duplo de Freud, e não Schnitzler. Para mim, o interesse de seus livros reside no mistério dessa relação entre o narrador e seu interlocutor. Mais ainda que o herói, é o confessor que me fascina, esse ser que se mantém à sombra e que jamais emite julgamento. Ao contrário da maioria dos escritores, você não é o herói de seus romances, o seu *eu* passeia inteiramente dentro desse ser que recebe, impassível, o resumo das desgraças do mundo... Suas obras não serão lembradas tanto pelo mundo antigo, o seu caro mundo desaparecido, mas sim pela crônica de uma devastação. Você se engana se está esperando ser lembrado como o grande cronista dos tempos flamantes do mundo antigo, o grande arauto da nostalgia. As personagens de seus livros são as testemunhas da desintegração do mundo... E, me perdoe a franqueza, seus heróis não fazem mais do que contar sobre sua própria ferida, fazer o inventário do longo declínio. Você recusa a militância, a assinar petições, bater-se a favor dos movimentos dos exilados, você mesmo que depositou suas esperanças em Chamberlain, imagine! Mas sua militância encontra-se em outro lugar, você está engajado no processo de destruição do mundo. Você tinha de tal forma assimilado aquele mundo vienense, aquela tão prezada cultura centro-europeia que, quando os nazistas destruíram tudo isso, você rompeu o processo. O que você descreve, como se o tivesse antevisto, o que seus livros traduzem, através da loucura de seus heróis, é o relato de sua própria aniquilação. E este é tão profundo, tão sincero, sua escrita tão fiel, tão precisa, que sua obra e sua personagem se tornam uma coisa só. Você não dá nenhuma chance a suas personagens. À primeira palavra pronunciada, à primeira troca de olhares, elas são condenadas. Você as coloca no lugar onde sempre viveu... um lugar debaixo dos escombros. Ignoro se isso é um dom celestial ou a pior das maldições. Os nazistas são a encarnação do mal e você, você personifica o desastre. Você é o escritor do desastre... Bem, onde foi que parei? Você moveu seu bispo para D6, não foi? Minha rainha vem para C7 e eu lhe digo... xeque-mate!

***

Lotte corria ao longo da avenida Koeler e, quando o fôlego lhe faltou, pousou ao pé de uma árvore a cesta de frutas e legumes que carregava. Que as crianças se sirvam! Que façam um banquete na praça principal da cidade! Que as mulheres se enfeitem com suas joias e os homens abram garrafas de champanhe! Hoje era um grande dia. O dia de hoje permaneceria na lembrança de todos como o dia mais famoso da história da humanidade. A luz tinha voltado à Terra. Deus havia rompido o silêncio. A América tinha entrado na guerra! Ela acabara de saber a notícia, que estava nas primeiras páginas dos jornais expostos nas bancas da praça do mercado. Havia lido e relido as manchetes para se assegurar de que não estava tendo uma alucinação. O jornaleiro garantira que não, ela não estava sonhando. Roosevelt havia declarado guerra ao Japão e à Alemanha. Trema, Hitler, seus dias estão contados!

Dentro de um mês, as Fortalezas Voadoras, das quais vira imagens nos cinejornais, estariam abatendo-se sobre a Europa. Esquadras de navios despejariam milhões de soldados nas praias do Atlântico. Os soldados da liberdade iriam banquetear-se com os carniceiros alemães. As forças do Bem esmagariam os Demônios. Eles estavam salvos! Hoje, em Katowice, em Frankfurt, em Viena, os judeus deveriam fazer a festa, entoar loas ao Senhor! Seu calvário estava terminado. A América estendia a mão aos amaldiçoados. Precisava dar rapidamente a notícia a Stefan! Ele ainda não devia saber. Recentemente ele parara de ler os jornais e ouvir o rádio. Não suportava mais que os anúncios de catástrofes e dramas atrasassem os seus trabalhos. Vivia em reclusão. Mas eis que voltara a escrever. Havia terminado seu *Montaigne*, tinha dado os retoques finais na história sobre jogadores de xadrez e começava um romance cuja heroína chamava-se Clarissa – Clarissa, que ideia esquisita! Ele havia chegado a bons termos sobre a loucura dos homens. Mas hoje, finalmente, a maré tinha mudado. Uma nova época anunciava-se. O tempo de caos e solidão era coisa do passado. Amanhã o Brasil se alinharia com os Estados Unidos e homens de todo o continente americano se alistariam e embarcariam em navios para a Europa. As vitórias se sucederiam. As populações se sublevariam contra os carrascos alemães. As tropas do Reich desertariam. Era 1941 e a guerra estava no fim! Em dois meses, os aliados cruzariam o Reno. Em três, fariam o cerco de Viena e de Frankfurt. E Berlim cairia nas mãos dos aliados. Sim, em julho de 1942, uma multidão de judeus em êxtase, velhos ortodoxos em seus cafetãs, rapazes com seu *talith* sobre os ombros, mulheres vestidas com seus xales, todos sairiam das casas, encheriam as ruas, aclamariam os vencedores, dançariam em torno dos soldados velhas danças judaicas, entoariam loas ao Senhor e a Franklin Delano Roosevelt, abençoado seja este santo homem. Salvos! No próximo ano em Viena! Sim, percorrer o Ring de braço dado com seu marido. Seriam recebidos na Estação Central por um enxame de jornalistas. Os *flashes* espocariam. "Sr. e Sra. Zweig chegaram a Viena", gritariam as manchetes. E as legendas: "Na foto acima, a Sra. Lotte Zweig encontra seu marido no Café Beethoven". Pela primeira vez, caminharia lado a lado nas aleias do jardim de Schönbrunn e percorreriam o parque do Prater. Subiria as escadas do Burgtheater apoiada no braço dele. A fim de celebrar o retorno do filho pródigo, a prefeitura decidiria remontar *Jeremias*. Durante a estreia, o público levantaria em ovação e pediria a presença do autor no palco... com sua jovem esposa. Dormiriam na suíte real do hotel Continental. Almoçariam no Sluka. Depois se regalariam com as tortas do Demel. Diante das vitrines das livrarias da Burggasse veriam os livros de Stefan Zweig expostos em destaque. Nas ruas, os homens lhes tirariam o chapéu. Seriam felicitados pelo retorno. Haviam esperado tanto para voltar e, afinal, por que tinham partido? Viena algum dia deixara de ser a cidade das luzes?

Era preciso ter paciência, esperar mais seis ou sete meses. Afinal, ela só tinha 32 anos. E, se parecia ter dez a mais, era por causa da doença e das pressões por viver no exílio. Em Viena ela recuperaria sua juventude, seria a elegante Sra. Zweig. Quem sabe alguns homens não tentariam cortejá-la? Sim, ser seduzida, essa ideia a fascinava. Glória ao Senhor, glória à América que devolvia aos banidos sua beleza! Um sarau seria organizado em homenagem a Zweig no salão nobre da Ópera. Eles abririam o baile solenemente, como se fossem o único casal presente, ignorando os olhares a eles dirigidos. E talvez, enquanto outros casais se juntassem à dança, na alegria geral, talvez Stefan inclinasse a cabeça e murmurasse ao seu ouvido: “Eu te amo, Lotte”. E seria a primeira vez que o ouviria pronunciar esta frase, estas palavras a ela destinadas, a ela, Elizabeth Charlotte Zweig, e não a uma outra. Talvez fingisse não ter entendido nada e o fizesse repetir? E os lábios de Stefan iriam se entreabrir de novo para pronunciar essas palavras? Ela louvaria o Senhor, Rei do Universo, por ter permitido a chegada desse instante, na sua grande misericórdia. Amém.

Subiu a ladeira que conduzia à casa, e a alegria a fez esquecer sua dificuldade de respiração. Estava banhada de suor e arfando em busca de ar, devido àquela louca corrida sob o sol do meio-dia. Pouco lhe importava. Eles estavam salvos. Aleluia! Eles iam viver! Dia 8 de dezembro de 1941. Não estavam mais sozinhos no mundo.

Ela preferiu retomar o fôlego antes de entrar. Acalmar seus ardores. Sentia-se febril. Estava ansiosa por ver um largo sorriso iluminar o rosto amado. Ao saber das novidades, ele sem dúvida a estreitaria nos braços e lhe daria um beijo na boca. Talvez – ela preferia não acreditar – a conduzisse ao quarto, e fariam amor ali, nesse dia, e sim, no navio que os levaria dentro de nove meses de volta para a Europa, um bebê nasceria de seu ventre. Mordia os lábios para não gritar sua alegria. Iria ser mãe!

Abriu a porta e deu alguns passos no corredor. A silhueta do marido desenhava-se na varanda. Estava sentado no sofá e parecia cochilar. Ou talvez estivesse sonhando acordado com Clarissa ou seu impossível *Balzac*. "Você agora vai poder se dedicar à obra de sua vida. A rota dos oceanos em breve estará livre. Sua preciosa documentação vai deixar Londres, cruzar o oceano e chegar a salvo. Seu *Balzac* estará terminado antes mesmo do dia da vitória. A guerra acabou, acabou!".

Ela se aproximou sorrateiramente, até ficar bem na frente dele. Não, ele não dormia. Sorriu ao vê-la, aquele sorriso forçado que não mais a enganava. No instante em que ia abrir a boca, dar sua mensagem, seu olhar bateu no jornal pousado sobre as pernas de seu marido, com sua feliz manchete. Seus olhos encontraram os de seu marido. Ele parecia impassível. Algo se estilhaçou dentro dela. Um sentimento de incompreensão e aturdimento invadiu-a. Como podia ele manter aquela expressão de tristeza quando o fim do pesadelo era anunciado? O que mais queria ele? A ressurreição dos mortos?

Ela disse num tom em que se percebia ainda um resto de exaltação:

– Já soube da novidade?

Ele fez que sim.

– É um grande dia, não acha?

Ele aquiesceu.

– Eu tenho vontade de cantar, de dançar...

Ele disse que Lotte tinha razão, era um grande dia. Ele também havia experimentado um sentimento de alegria nessa manhã, tão logo Feder veio lhe trazer o jornal.

– Mas você não parece...

Sim, estava feliz. Mas Lotte conhecia-o bem. Nunca se mostrava muito expansivo. Ajoelhou-se diante dele, pegou-lhe a mão, abraçou-o e murmurou com voz emocionada:

– Nós estamos salvos, não é? Estamos salvos...?

Ele beijou-lhe os dedos e acariciou-lhe os cabelos, pegou seu rosto entre as mãos. Sim, ela estava certa, eles estavam salvos. Em seguida perguntou-lhe se podia deixá-lo a sós. Precisava trabalhar. Ela se levantou, enxugou o rosto banhado em lágrimas, caminhou até a porta e saiu.

Maldito seja ele e maldito seja o nome Zweig, o nome que eu levo, maldito seja o dia em que entrei naquele escritório em Londres, o escritório do Grande Escritor Austríaco, esse homem, profeta da infelicidade, incapaz de um movimento de alegria. Eu devia deixar este lugar, sim, buscar salvação na fuga, mas para onde ir? Ele me meteu nesta prisão cujas grades são os cipós e a vegetação, me carregou para o fim do mundo, não tenho nenhum lugar para onde fugir, ninguém que me escute, devo ficar aqui, ao lado deste ser de mármore, nesta tumba de tristeza, sim, eis por que ele escolheu este lugar, uma necrópole, a cidade imperial onde não existe mais império. Eu deveria ter ficado em Nova York, permanecido lá com Eva, só nós duas, teríamos dançado hoje na Quinta Avenida, onde todos os judeus devem estar dançando, pois este é um grande dia, a guerra acabou, o

Senhor nos entreabriu as portas, o Senhor vai nos fazer sair da Alemanha, como nos fez sair do Egito, e Hitler não é mais forte que o faraó. Nossa provação está terminada, o Senhor perdoou nossas ofensas, estendeu de novo a mão para seu povo. Mas Stefan, evidentemente, é incapaz de se redimir, ele não crê em nada, nem em Deus nem em Roosevelt. A morte é a única companhia de Zweig.

Stefan lhe havia omitido a verdade. Não desejava infligir a ela o relato que Feder lhe fizera naquela mesma manhã. Não queria estragar sua alegria. Iria contar-lhe tudo em outra ocasião. Ou talvez nem lhe contasse nada, pois ainda estava muito frágil. Era preciso preservá-la. Quem podia dizer como reagiria? Sim, ele tinha de avisar Feder – se nada comentassem diante de Lotte, ela jamais viria a saber. Tais atrocidades não saíam nos jornais.

Feder tinha passado lá no meio da manhã, com um jornal debaixo do braço.

– Tenho uma boa notícia e diversas outras péssimas. Comecemos pela boa. Tome aqui, leia... mas não comemore antes do tempo.

Ele dera uma olhada nas manchetes e, de repente, foi tomado por intensa alegria, um sentimento que há anos não experimentava, um misto de embriaguez e alívio. Isto devia ter transparecido em seu rosto, porque Feder logo continuou:

– Não, eu lhe disse que você lamentaria esse estado de empolgação. Contenha-se, recupere seu ânimo sombrio, porque agora você vai ouvir o que tenho a lhe contar...

Feder tinha sido acordado de madrugada pelo toque do telefone. Albert Seldmann, um porta-voz do círculo dos exilados, tinha ligado de Nova York. Sua voz estava trêmula.

Ele pontuava seu relato sempre com a mesma frase: "Tudo isso pode ser verificado, Ernst, é a mais pura verdade".

Nos primeiros dias do mês de novembro, em cada cidade do Reich, haviam arrebanhado centenas de judeus nas principais praças. Começaram com os judeus de Hamburgo, no dia seguinte foram os de Frankfurt, de Bremen, depois os de Berlim, ao mesmo tempo em que os de Viena e Salzburgo. Os judeus foram conduzidos às estações. Já aterrorizados por meses de privações, humilhações e mortes, esses judeus foram enfiados nos trens. Quando os vagões ficavam abarrotados, os trens partiam, atravessando a Alemanha e Polônia ocupada para só parar em Minsk. O primeiro comboio chegou em 10 de novembro. Isso fora verificado, era a mais pura verdade. Mil judeus de Hamburgo tinham sido arrastados para um lugar em cuja entrada estava gravado "Sonderghetto", reservado para eles, judeus alemães, perto do grande gueto de Minsk. Três dias após a chegada dos mil judeus de Hamburgo, um comboio partira com cinco mil judeus de Frankfurt. Isso foi comprovado. No dia 18 de novembro, um comboio proveniente da capital entregou a primeira remessa de judeus berlinenses. No mesmo dia chegaram os primeiros judeus de Viena. Trezentos judeus vienenses. Em previsão ao afluxo de judeus alemães, o grande gueto de Minsk tinha sido esvaziado para dar lugar aos judeus do Reich. Em cinco dias, dez mil judeus de Minsk tinham sido abatidos.

Foi isso que Albert Seldmann tinha relatado naquela manhã.

Feder interrompeu-se, encarou seu interlocutor e depois continuou:

– Você lembra daquele terrível romance de Bettauer, *A cidade sem judeus*?

Zweig assentiu. O livro era dos anos 20. Chamara-lhe a atenção, porque Bettauer lembrava-lhe o nome de sua própria mãe. Lera o livro e tinha detestado. Contava a expulsão dos judeus de Viena pelos seus habitantes, em nome da pureza ariana. A obra obtivera um estrondoso sucesso. Bettauer morreu assassinado dois anos depois da publicação do livro.

– Bem, eis que a história se repete – disse Feder. – O Reich vai ser esvaziado de seus judeus... Nesse ritmo, dentro de um ano nenhuma alma judia viverá numa cidade alemã. Inclusive Viena, bem entendido. Pode imaginar? Nenhum judeu sobre a terra da Alemanha! Como isso é concebível?

Feder levantou, girou nos calcanhares, depois voltou e irrompeu em lágrimas nos braços de seu anfitrião. Enquanto consolava o visitante, Stefan fez as contas de quantos parentes seus permaneciam em Viena. Dezenove primos. Depois dedicou um pensamento ao avô de Lotte, o rabino de Frankfurt.

***

Daquele momento em diante, passava a maior parte do tempo em casa. Sentado em seu escritório improvisado, escrevia. Maquinalmente, sem a menor inspiração. Escrevia assim como Roth bebia, sem esforço nem prazer. Anotava suas ideias sobre folhas soltas.

> *Escrever um almanaque da emigração, anos 1941 e 1942, que publicaria uma seleção dos melhores trabalhos dos emigrantes e mostraria que eles são sempre produtivos. Um almanaque alemão com Thomas e Heinrich Mann, um almanaque austríaco com Werfel,*

Beer-Hofmann. Um almanaque francês com Maurois, Bernanos, Jules Romains, Pierre Cot. Prever uma coordenação em Nova York, por Klaus Mann. Falar com Bruno Kreitner.

Zweig havia abandonado seu *Balzac*. Nunca seria capaz da empreitada. Tinha perdido toda esperança de que a pasta de documentação enviada de Londres chegasse um dia às suas mãos. Sem dúvida, o navio que a trazia estava agora no fundo do mar, torpedeado por um submarino alemão. Sempre que começava novas histórias e escrevia as primeiras páginas, ele as rasgava. Tentava em vão captar um sopro de criatividade, alguma coisa da sensação de euforia que o dominava a cada vez que pegava uma caneta. Não experimentava mais nada. Nenhuma melodia tocava mais no seu espírito.

Havia trabalhado na ideia de um novo romance, alguma coisa de ambicioso que cobrisse a metade do século, que englobasse toda uma época, descrevesse as duas guerras, constituísse o equivalente de sua autobiografia, mas tudo sob forma ficcional. Havia começado a escrever algumas semanas antes. A história começava em 1902, narrada por uma mulher que era também a heroína. Ficou satisfeito com os dois primeiros capítulos. De 1902 a 1914 o livro se desenvolvia. Clarissa aparecia como animada, afeiçoada, compassiva e integrada. O romance estava tomando forma. As cem páginas já escritas prenunciavam alguma coisa.

E depois, subitamente, ele havia perdido o fio da história. As características de sua heroína se dissiparam. Clarissa tornava-se uma estranha para ele. Às vezes ela assumia as características de Christine, sua "moça dos correios", outras vezes assemelhava-se a Irene, sua personagem de *O medo*. Em breve, o texto acabou por perder toda a estrutura narrativa. E o romance não se assemelhava a mais nada. O capítulo que relata o ano de 1919 contém apenas seis páginas. O que descreve os dois anos seguintes, apenas três. E eis como narrou a década de 1920:

> *Foram anos mortos para Clarissa. Seu filho era a única coisa que lhe restara.*

Assim era seu Grande Romance! Ele, que precisara de cinquenta mil palavras para escrever *Vinte e quatro horas na vida de uma mulher*, tinha agora reduzido a duas frases dez anos da vida de alguém. Sentia pena de si mesmo. Lembrava-se do tempo em que, sem o menor esforço, um fluxo inexaurível jorrava de sua mente. Mundos eram construídos e personagens ganhavam vida. Com que facilidade lhes sondava a alma! Ele via o passado das personagens, adivinhava-lhes o futuro. Sentava-se à escrivaninha, pegava a caneta e pronto! O milagre operava-se diante de seus olhos. Oh, lá em Salzburgo, como adorava esse instante em que o alvorecer o surpreendia após uma noite de trabalho! Hoje, tanto sua mente quanto seu tinteiro estavam secos. As palavras não lhe ocorriam e as personagens escapavam-lhe por entre os dedos. O milagre estava terminado. No seu interior reinava uma atmosfera de fim do mundo. Ninguém mais sobrevivia. Nenhuma criança nascia, nenhuma mulher sorria mais. O coração dos homens havia parado. Seu espírito era a imagem do mundo dos judeus. Uma terra sepultada sob cinzas.

***

Houve uma batida na porta. Lotte correu para atender, na esperança de que uma visita pudesse dispersar a morosidade do dia. Ela pensou reconhecer o homem no batente da porta, mas seu nome não lhe ocorria. Ele se apresentou. Ela sentiu um baque terrível, estendeu-lhe a mão fria, fez-lhe sinal para entrar, anunciou o recém-chegado e desapareceu no seu quarto. Siegfried Burger, o irmão de Friderike, que chegara exilado ao Rio há poucas semanas, viera fazer uma visita ao ex-cunhado.

Através da porta, Lotte percebeu uma explosão de alegria. Os dois homens deviam ter caído nos braços um do outro. A voz de Stefan soava incomumente feliz, num entusiasmo jamais visto. Cumulou seu visitante com perguntas acerca de como viera parar no Rio. Para onde tinha fugido? Que caminhos havia percorrido? Como conseguira o visto? Era um visto provisório? Onde se alojava no Rio? Depois da torrente de perguntas, se pôs a evocar o passado, falando sobre lembranças partilhadas, passeios no Belvedere, recepções no Hofburg, jantares na cidade, semanas, meses e anos de felicidade ao crepúsculo de Viena.

A semelhança física entre Siegfried e sua irmã era impressionante. Era como se a própria Friderike estivesse ali na sala. Lotte não queria se entregar sem luta e retornou à sala.

Eles não se interromperam quando apareceu. Sua presença de forma alguma parecia perturbar a evocação de um passado do qual estava excluída. Serviu chá, eles agradeceram, mas o calor de seu muito obrigado parecia dirigido a outra pessoa. Eles estavam em Kapuzinerberg, e era Friderike quem lhes servia chá. Observou o marido. O olhar de Stefan não era mais o mesmo. Sua atitude tinha mudado. Ele se mantinha ereto e falava com voz mais firme. Voltara a ser o homem casado que ela conhecera sete anos antes. Siegfried Burger havia entrado na casa, e Friderike, nascida Burger, tinha posto um pé na sala. Siegfried sentava-se no surrado sofá de couro e Friderike mantinha-se atrás dele. Lotte sentiu-se excluída. Seu coração falhou um instante quando ouviu o marido perguntar pela ex-esposa. E quando quis saber de Siegfried se sentia falta da irmã, acrescentou com voz embargada: "eu também". Lotte deu um passo na direção do corredor. Siegfried, fingindo não ter entendido a pergunta de Stefan, deteve-a, anunciando ter trazido uma carta que, segundo ele, "vai deixar você feliz". Ela esqueceu o rancor. A carta era endereçada "a Stefan e Lotte". Siegfried leu-a em voz alta. Friderike começava estendendo-se longamente acerca de como se sentia feliz em Nova York, finalmente livre. Lembrava como escapara por um triz de ser presa, junto com suas duas filhas, no porto de Marselha. Explicava como se sentia bem nos Estados Unidos. Havia perdido toda aquela nostalgia da Áustria. Agora passava os dias no Escritório de Imigração e havia apoiado a entrada dos Estados Unidos na guerra ao lado da Inglaterra. Tinha recuperado a fé no futuro deste mundo novo, onde os olhares e discursos eram isentos de ódio. Enquanto Siegfried lia essas frases, Lotte notou uma ponta de decepção no olhar de seu marido. Friderike feliz... sem ele?

Siegfried fez uma pausa na leitura e disse, dirigindo-se a Lotte:

– Esta é a parte que vai lhe interessar.

E recomeçou. Friderike tinha hospedado por duas semanas Eva Altmann – sua sobrinha Eva! – tendo-a encontrado numa pousada para jovens. As duas haviam passado momentos maravilhosos. "Essa garota é excelente", dizia a carta. Tinham ido a Coney Island, passearam à beira da praia de Long Island e tomaram banho de mar – o primeiro banho de mar de ambas – em Long Beach. "Saiba, querida

Lotte, que eu cuido bem dela e que repetiremos, algum dia, esses momentos magníficos." Um sentimento de alegria perpassou-a. Depois sentiu-se invadida por imensa dor. Ela deixou o olhar vaguear para fora da janela. A noite começava a cair, a névoa envolvia a cidade e os vales. Não conseguia desgrudar os olhos daquela melancólica cena. No seu íntimo agitavam-se as multidões alegres atravessando as ruas de Nova York. Assim era feito o mundo? Dividido entre pessoas felizes e aquelas amaldiçoadas?

JANEIRO

O casal levava uma vida pacífica. Em comparação à montanha de cadáveres, uma existência quase normal. As notícias das atrocidades só lhes chegavam esporadicamente. Seu destino estava selado, seus olhos quase fechados. Nada, jamais, viria desfazer aquela montanha de mortos. Não mais viveriam no temor. O silêncio reinaria em torno deles dois. Construiriam um mundo de solidão. O esquecimento seria sua tarefa cotidiana. Eles não mais ligariam o rádio, não mais leriam os jornais, evitariam seus amigos, não atenderiam o telefone. Raramente abririam a porta e não leriam sua correspondência. Não mais escreveriam cartas, não tomariam nenhum trem, sairiam o menos possível, seu universo seria entre aquelas paredes caiadas, um mundo fechado, onde o ar faltaria, o ar seria como pó. Eles retornariam ao pó. Jamais levantariam a voz, jamais ergueriam o olhar. Suas almas não conheceriam mais a alegria ou a aflição. Seus corações não bateriam mais. Levariam sua vida como espectros. O sono lhes fugiria. A infelicidade do mundo não chegaria mais aos seus ouvidos. A lembrança dos entes queridos se desvaneceria. Só conheceriam o esquecimento. Não mais pertenceriam plenamente a este mundo. Não seriam mais judeus, não seriam cidadãos da Áustria, nem da Alemanha. Teriam vencido a fatalidade. Sua fortaleza seria inexpugnável. Eles conseguiriam a vitória.

Mas um dia um estrondo encheria os ares. Estrias negras cortariam o céu. Sirenes soariam. A terra voaria em pedaços. Grandes aviões com a cruz suástica nas asas despejariam bombas. A terra ficaria em brasa, casas se incendiariam, as ruas ficariam juncadas de corpos despedaçados. Na baía da Guanabara, encouraçados disparariam seus canhões. Milhares de soldados desembarcariam dos navios e invadiriam a praia de Copacabana. O fogo cessaria. A Wehrmacht desfilaria ao longo da avenida Rio Branco. Generais ocupariam a prefeitura. Decretos seriam colados nas paredes das avenidas e favelas. Os SS se dispersariam em pequenos grupos pela cidade, saqueando palácios e casas. Vitrines das lojas ficariam cobertas de estrelas amarelas. Seria exigido que os exilados se identificassem. Haveria um recenseamento dos judeus brasileiros. Leis e proibições seriam promulgadas, após o que teria início a caçada. Primeiro seriam presos os refugiados alemães, depois seria a vez dos judeus notáveis, então começariam a arrebanhar as famílias. Homens de negro, empunhando metralhadoras e levando na coleira cães ferozes e babentos, invadiriam as escolas à procura de crianças judias. Uma vez dominado o Rio, os SS avançariam mais ao norte, ao longo da rodovia. A primeira parada seria em Petrópolis. Fechariam a avenida Koeler e começariam a caçada. Encontrariam facilmente a rua Gonçalves Dias, 34. Arrombariam a porta e os fariam sair sob ameaça de armas. Seriam embarcados num caminhão com toldo de lona e conduzidos até o fundo do vale, tal como fizeram com mulheres e crianças nas florestas da Polônia. No pequeno bosque perto de

Teresópolis, abateriam Stefan com uma bala na nuca. Depois seria a vez de Lotte.

Brasil, país do futuro?

***

A governanta anunciou um visitante. Um homem de terno escuro, com uma barba castanha algo espessa e chapéu preto sobre a cabeça, entrou na sala.

– Rabino Hemle, Henrique Hemle.

Seu aperto de mão era firme, seu olhar profundo, intenso e pleno de afabilidade. O homem devia ter seus quarenta anos, mas alguma coisa de juvenil iluminava-lhe o rosto. Sua voz era doce. Num alemão fluente, o rabino explicou ter feito a viagem desde o Rio para encontrar seu anfitrião e desculpou-se pelo incômodo, esperando que o momento não fosse inadequado.

Stefan fez que não com um aceno de cabeça e respondeu que não era digno de uma viagem tão longa.

– A viagem é o de menos – disse o rabino. – Já fiz uma viagem mais longa para ouvi-lo e poder vê-lo em pessoa. Foi em 1923, no dia seguinte ao do meu *bar-mitzvah*. Meu pai, que era um de seus mais ardorosos leitores, me levou ao teatro para assistir a uma representação de sua peça *Jeremias*. E, sabe, sempre me perguntei se não foi a voz de *Jeremias* que me inspirou a ser rabino. O senhor fazia a sua personagem dizer... corrija-me se eu estiver errado: *aquele que deve zelar pelo seu povo não tem o direito de dormir e fui designado a zelar e dar o aviso*. Este não é o ato de fé de um rabino?

Outras palavras proferidas pelo coro de *Jeremias* voltaram à mente de Stefan, palavras que havia colocado na boca das personagens quase trinta anos antes.

Segue teu caminho e sofre o que tiveres de sofrer. Teremos que beber de águas distantes e salobras, seremos impelidos de uma pátria para outra, ao longo de estradas infinitas de sofrimento. Nós somos os eternos vencidos, escravos do salão no qual somos os anfitriões.

Como pudera ter escrito isto em 1916?

Henrique Hemle, o grão-rabino do Rio, contou que procedia de Hamburgo. Havia fugido do Reich em 1935, com sua mulher e dois filhos. Hamburgo, continuou ele, sem dúvida tinha sido esvaziada de todos os judeus. Será que sua família estava prestes a morrer de fome e frio no Leste, tal como os judeus de Viena e Berlim? Ou então - como noticiara a rádio britânica a 30 de novembro - a família Hemle incluía-se entre os cinco mil judeus da Alemanha que, tão logo desceram do trem, foram executados em Kaunas, na Lituânia, todos, sem exceção? Ou talvez a família Hemle tivesse tido sorte, sendo confinada no gueto de Minsk, previamente esvaziado de judeus bielorrussos, todos executados, sem exceção, para dar lugar aos bem-aventurados judeus alemães.

Stefan não perguntou por notícias da família de Hemle. Era uma regra de ouro que cada um passara a aplicar depois de se saber que a Alemanha e a Áustria estavam em vias de se tornarem *judenrien*. Não se faziam perguntas. Era preferível não saber. Todos buscavam alívio na ignorância e na incerteza. Mas eles sabiam. As famílias expulsas do Reich haviam sido caçadas do reino dos vivos. Elas marchavam nas florestas do Infinito, vagueavam lado a lado em lamentos angustiados, uma horda de espectros fraternais, pálidos, nus e atormentados, avançando rumo às trevas num passo digno e firme, sombras dolentes no frio congelante, tremendo na névoa, mulheres liderando a marcha, contendo suas lágrimas, vendo seus filhos desaparecerem no reino da dor infinita, deixando escapar por entre os dedos os pequenos seres amados, dizendo adeus sem mover os lábios, vertendo torrentes de lágrimas invisíveis e mudas, uma dor inesgotável de mães vendo a verdade desenhar-se para expor a imensa nódoa cinzenta, oceano de corpos amontoados, local de encontro de amantes e de reuniões familiares. O mundo do Além.

– Fiquei muito comovido – continuou o rabino – com sua resposta a meu convite para festejar conosco o dia do Yom Kippur na grande sinagoga do Rio. O senhor se desculpou, alegando não ter tido uma criação religiosa. "Para minha grande vergonha", acrescentou. Não deve sentir vergonha, Sr. Zweig. A época assim exigia. Nós éramos alemães acima de tudo, austríacos acima de tudo. Naqueles tempos, seguíamos os passos de nossos pais. E nossos pais eram grandes construtores, soldados do Segundo Reich e soldados de Hindenburg. Tínhamos a fraqueza de acreditar no progresso e na emancipação em vez de em Deus e em nossos ancestrais. Sabia que meu pai, eminente professor da Universidade de Hamburgo, confidenciou-me um dia que sentira a tentação, como muitos de nós, de converter-se ao cristianismo? Herdei minha fé do meu avô, que me ensinou a ler a Torah e o amor a Deus. É de se entender que a religião teve um salto de geração. Não estou aqui para lhe dar lições, mas... o senhor se vê como bem distanciado da sua identidade judia, e sei que se opõe frontalmente a toda forma de sionismo, porque tem horror a qualquer tipo de nacionalismo. Permita que lhe diga que há portanto, no fundo de sua alma, alguma coisa profundamente enraizada da nossa tradição judaica. O seu *Jeremias* exala a cultura judaica. E o que dizer de *O livreiro Mendel*? Veja Freud, seu mestre e amigo. Ele não hesitou em nos privar de nosso único herói, com seu ensaio sobre o monoteísmo, e fazer de Moisés um egípcio, a estilhaçar nosso único ícone no momento em que as sinagogas eram queimadas. O senhor não teria cometido um tal sacrilégio nas horas mais negras. O senhor nos ofereceu um fio de esperança. Rastreou nossa epopeia com *O candelabro enterrado*. O senhor sabe que não sou ingênuo. Sei que não há mais nenhum rabino vivo em toda a Alemanha, e sem dúvida nenhum na Polônia ou na Ucrânia. O mundo judeu está sendo aniquilado. E talvez, caro senhor, em um ano ou talvez cinco, seremos nós os últimos sobreviventes do povo de Israel. Por isso é preciso lutar. Mesmo se é forte a tentação de reencontrar nossos entes queridos, se é grande a vergonha de podermos respirar, enquanto eles arfam em busca de ar. O grande Reich não conhecerá a paz enquanto houver um único rabino que leia a Torah, ponha seus *tefillim* e *talith*... mesmo que esse rabino esteja a dez mil quilômetros de Berlim. Virão procurar por ele, despacharão um exército inteiro para isso. Dizem que estão retardando a ofensiva sobre a Rússia a fim de exterminar crianças judias... possa Deus proteger aqueles inocentes. Então imagine que Goebbels fique sabendo que Zweig ainda está vivo, dominando a língua alemã melhor do que ninguém... Se me permite um conselho, não permaneça nessa prisão. Na nossa tradição, um homem se define antes de mais nada pelos relacionamentos que mantém com os outros. Nós avaliamos uma vida à luz de uma outra vida. Não estou lhe pedindo para ouvir Deus. Sem dúvida não é o momento mais indicado para recorrer a Ele, já que parece estar virando as contas para Seu povo cada vez mais. Apenas permita que eu lhe fale como um rabino: renove seus relacionamentos com os outros, este é o motivo da minha presença, venha assistir ao Seder da Páscoa judaica. O Pessach de 1942 ecoará mais do que qualquer outro. Essa velha história que leremos na noite do Seder, a do faraó exigindo a morte dos primeiros filhos hebreus, nossos mártires da Europa a vivem até hoje. Venha comer nossa refeição de ervas amargas e pão ázimo e ouvir nosso Haggadah. Os rabinos Akiba e Eliezer contarão sobre nossa vida errante, escravidão, miséria e morte. Eles nos ensinarão que depois das trevas virá um novo dia. O senhor precisa dessas palavras, o senhor e sua esposa. Venha orar, mesmo que não tenha mais fé. A infelicidade que nos atinge é enorme demais para ser suportada por um homem só, mesmo que ele seja o grande Stefan Zweig. Bem, não vou importuná-lo por mais tempo. Prometa-me que tentará ir.

Ele respondeu que faria o possível. Acompanhou Hemle até os degraus da frente. Ao fechar a porta ocorreram-lhe outras palavras do seu *Jeremias*.

Amaldiçoei meu Deus, e O matei em minha alma.

***

Acima de Petrópolis, o céu havia perdido o seu azul brilhante. Era pleno verão tropical e uma maré de nuvens negras precipitou um pesado temporal. Tinha-se a impressão de respirar água. Nada mais lembrava Baden e Sommerdigen. O ar não tinha mais aquela doce fragrância, os dias eram úmidos e abafados e as noites pareciam uma fornalha. Lotte passava a maior parte do tempo ofegando por ar. Ia do leito à varanda, depois abria e fechava a janela, asfixiada. Hesitava sair de casa, temendo ser surpreendida pela chuva. E toda vez que superava o medo ela se via esmagada pela força do aguaceiro. Ficava no meio da rua deserta, como que paralisada, e pensando que, tal como a árvore atrai raios, ela atraía a infelicidade. Sentia-se amaldiçoada, punida por seus erros. Em Londres havia pecado, envolvera-se com um homem casado, tinha roubado o amor de uma mulher, a cólera do Senhor elevava-se contra ela. Havia pecado, tinha fugido da guerra, tentado escapar do seu destino, abandonado os entes queridos no infortúnio, não havia partilhado com eles a dor do sofrimento. Ó Senhor Todo-Poderoso, que transforma as mulheres ímpias em estátuas de sal ou água, ela ficava petrificada sob a tempestade. Optara por fazer aliança com um homem que temia tudo menos a cólera divina. Virara as costas a seu povo, seus entes queridos aqueciam-se corpo contra corpo no frio glacial da Polônia e ela, sem ninguém a lhe estender a mão, tinha acompanhado aquele que buscava a fuga e o exílio, a calma felicidade das auroras encantadoras. O Senhor é o único refúgio, o Senhor que abençoou nossos pais, abençoou Abraão, Isaac e Jacó, que nos protege contra os tiranos, nos vinga dos opressores, ajuda os que creem Nele. O Senhor virara-lhe as costas. O pecado era grande demais, a ofensa imperdoável. Voltava para casa angustiada e exausta. E prometia-se jamais sair para enfrentar os elementos. Nos dias que se seguiam, andava a esmo pela casa, o olhar desvairado, o rosto apagado, com falta de ar ao menor esforço, silenciosa, não ousando aumentar sua infelicidade, deixando que seu corpo falasse por ela, expressando-se por acessos de tosse. O médico do dispensário vinha pela manhã e à noite. As pílulas não faziam mais efeito. O médico injetava-lhe uma droga que ele próprio preparava, assegurando que a curaria. Procurava uma veia e picava em vão vezes sem conta, apertando o torniquete. As veias de Lotte continuamente escorregavam sob os seus dedos, fugiam à ponta da agulha e o doutor, já impaciente e contra todo o bom senso, injetava de qualquer maneira a droga que, em vez de penetrar no sangue, formava uma bolha ardente no braço. O médico ia embora com uma afirmação tranquilizadora: o produto estava no corpo, não era isso o que importava?

Às vezes, Lotte não sentia o menor sopro de ar percorrer seus pulmões e preocupava-se que fosse morrer de asfixia e sentia-se como arrastada para um abismo. Palavras de conforto chegavam-lhe de modo confuso. Seu cérebro estava asfixiado e o corpo oprimido pela dor, o sangue sentia falta de oxigenação, seu espírito não tinha qualquer discernimento.

Certas ocasiões, no fundo do lago negro de sofrimento, uma sensação de libertação acometia-a. Aliviada do fardo de seu corpo, experimentava uma espécie de euforia. Enfim, voltava a si. Levantava-se, recuperava o uso das pernas, a visão das cores, sentia outra vez a sensação de tato em seus dedos. E o homem ao lado na cama lhe sorria.

***

Nessa manhã chegara uma carta de ameaça, a terceira em dez dias. "*Nós o encontramos. Vamos matar você e sua rameira judia.*" Essas palavras faziam-no mergulhar no medo. Sabia que o Rio era um ninho de espiões alemães. Os hotéis formigavam de agentes da Gestapo. Alguns dias antes, os jornais tinham noticiado o assassinato de um exilado. Arthur Wolfe, membro do antigo partido comunista alemão, fora encontrado no cais do porto com uma bala na cabeça. A fotografia do cadáver estampava as primeiras páginas.

Os nomes de exilados importantes tinham sido revelados. Os matutinos confirmavam que ele estava na lista. Seria ele a próxima vítima? Haviam-no encontrado, aqui, do outro lado do mundo. Petrópolis não ficava longe o suficiente de Berlim. Para onde fugir, então? Embrenhar-se na selva amazônica e viver no meio dos índios? Caberia a Hitler decidir seu destino até o fim dos tempos?

Alguém na cidade devia tê-lo reconhecido e divulgado seu endereço – ele desconfiava de todo mundo. Acreditava ver o delator em cada esquina. O padeiro que lhe dava bom-dia de uma maneira cheia de subentendidos, o quitandeiro que lhe tinha vendido goiabas estragadas, um funcionário novo dos correios que havia insistido para saber seu endereço exato, o irmão da governanta que rondava em torno da casa a pretexto de vir visitar a irmã, a bibliotecária que lhe perguntava por que os livros não apareciam mais em alemão, o garçom do Café Élégant que evitava encará-lo. Conheceria ele sua rotina? Um dia, havia sentido um olhar cravado em sua pessoa. Em outra ocasião, ouvira o ruído de passos seguindo-o por todo o caminho. Ele havia parado e os passos interromperam-se. Ele não se voltou. A quem teria visto, se o fizesse? Alguém da vizinhança ou algum gigante louro usando gabardine e chapéu de couro? Ele se imaginava fazendo a manchete dos jornais. "Assassinado o autor de *Brasil, país do futuro!*

Imaginou a foto que ilustrava o artigo. A visão de seu próprio cadáver assombrava-o.

Em casa, ele nada temia. Sempre levava consigo uma cápsula de veronal. Não o pegariam vivo. Não mutilariam seu corpo. Se recusava a legar à posteridade as fotos de seu rosto ensanguentado. O veronal logo faria efeito, antes mesmo que os assassinos lhe apontassem a arma, ao primeiro rangido de porta que ouvisse. O veronal era um triunfo, seu último aliado. Walter Benjamin tivera seu frasco, bem como Ernst Weiss e Erwin Rieger. E também todos os anônimos, seus primos vienenses, seus amigos de Berlim, cuja única vontade era não caírem vivos nas mãos dos nazistas. Eles se apegavam a esta ínfima vitória sobre a barbárie. Todos os exilados falavam entre si, à meia-voz, deste frasco amigo, companheiro de infortúnio, objeto de libertação. A derradeira viagem com veronal.

***

Durante muito tempo hesitara fazer uma visita a Bernanos, que vivia em Barbacena, a algumas horas de trem a partir de Petrópolis. Relutava impor ao francês sua inconsolável tristeza, seus pesados silêncios. Em suma, sua presença. Mas queria ver um escritor, falar com um escritor, reencontrar o sentimento de existência com uma alma gêmea - outro autor que optara pelo exílio absoluto. Sonhava falar de novo em francês, rever Paris no meio do Brasil. E, quem sabe, talvez encontrar no entusiasmo de seu anfitrião a força para voltar ao trabalho.

Bernanos havia tomado um caminho paralelo ao seu e, tal como ele, abandonado a Europa, desesperado por tudo a que tivera de renunciar por causa do hitlerismo, seduzido pelo continente sul-americano. O francês havia penetrado ainda mais profundamente o campo, fixando-se numa desolada região de colinas nuas, 300 quilômetros ao norte do Rio, num lugar chamado Cruz das Almas. Além do amor pelo Brasil, partilhava com Bernanos o fascínio da vida errante, a nostalgia de um paraíso perdido - para ele, a Viena cosmopolita do início do século; para Bernanos, a antiga França cristã. Ambos eram ligados pela mesma aversão ao fascismo e ao stalinismo. Em questões literárias, ele, o escritor dos ardores sentimentais, se sentia próximo ao "profeta do sagrado". Como Bernanos, considerava *A comédia humana* como a experiência literária definitiva e via em Dostoievski o mestre. Havia lido o *Diário de um pároco de aldeia* e *Sob o sol de Satã*. Havia adorado a fulgurância das cenas, essa estética do fragmentário, seus livros que, ao mesmo tempo herméticos, se abriam sobre os abismos. As personagens de Bernanos eram habitadas por um pouco da loucura, do absoluto de seus próprios heróis, a dimensão cósmica principalmente. Stefan admirava a maneira pela qual seu anfitrião conseguia explorar a tentação do desespero. Portanto, temia encontrar Bernanos tanto quanto o desejava. Não era o passado antissemita do autor que o assustava. O seu engajamento contra o franquismo, o combate de primeira hora contra Vichy – em nome da ideia cristã de pátria – e a leitura de *Grandes cemitérios sob a lua* fizeram-no esquecer o propósito monstruoso de *O grande temor dos bem-pensantes*. Ele não sabia se os homens mudam, mas concedia a este ardoroso católico o benefício da dúvida. A ideia da Redenção pelo exílio. Afinal, Bernanos era um homem de ruptura. Ele havia rompido com a Ação Francesa, com Maurras e com o Vaticano. Podia muito bem ter ficado livre do seu ódio aos judeus. Não, o passado ferozmente antissemita de Bernanos pouco importava. Uma outra coisa fazia Stefan vacilar, adiar, semana após semana, a data de uma visita. Acima de tudo, havia esse amor inquebrantável de Bernanos pela pátria, esse fervor religioso quase místico. Stefan desprezava a ideia de nacionalismo e não acreditava em Deus – nem no dos judeus nem no dos cristãos. Ele já não esperava mais nada do homem e temia os excessos causados pelas posições políticas, ele que sempre participara a contragosto de manifestações contra os nazistas. Trazia essa ideia, dificilmente defensável, de que não cabia aos judeus lutar contra o antissemitismo. Talvez nem mesmo o antissemitismo fosse problema dos judeus - ele só trazia a desonra para os povos que o praticavam. Stefan não se sentia culpado de nada, não tinha do que se defender. Só se preocupava com uma coisa: preservar sua própria liberdade. Hoje, infelizmente, seu mundo interior era um monte de ruínas.

No seu estado de abatimento físico e à beira de um colapso nervoso, temia a confrontação com Bernanos, um homem cheio de convicções e de cóleras. Receava ser esmagado sob as rochas de fé do escritor. Não queria ter de justificar suas ideias sombrias, sua resignação e suas fraquezas diante do arauto da Pátria, do mensageiro de Cristo. Sem ousar admitir, também receava que Bernanos, tal como o seu herói abade Donissan, tivesse o poder de ler sua mente e penetrar os recessos de sua alma. Que, com um simples olhar, o francês percebesse a "doença negra" que o rondava, suas ações covardes e, pior ainda, lançasse sobre ele um olhar de ardente piedade.

Apesar de tudo, um dia esqueceu suas apreensões. Queria falar de literatura com um escritor de verdade. Jornalistas como Feder e editores como Koogan, quando falavam de literatura, na verdade estavam apenas falando de livros. Aceitou a sugestão de Lotte para que fossem a Cruz das Almas. Lotte garantiu-lhe que tomariam o trem de volta naquela mesma tarde.

Quanto mais se afastavam de Petrópolis, mais a paisagem perdia suas cores e exibia um espetáculo de fim do mundo, com uma sucessão infinita de picos e vales áridos.

Ao cabo de uma hora, no torpor do vagão, lamentou sua decisão. Por que deveria se obrigar a um exame de consciência diante de um professor de moral?

A viagem pareceu durar uma eternidade. À chegada, se levantou, fatigado, desceu do trem e contemplou o reflexo de sua imagem num espelho. Um velho fitava-o. Teve a tentação de pegar o trem de volta. Mas, sobre a plataforma, um homem apresentou-se como enviado de Bernanos e conduziu-os até um carro. Após meia hora de estrada em meio a uma paisagem desolada, atravessaram uma mata e viram-se numa estradinha deserta. Ao fim do caminho, Bernanos os aguardava, segurando um cavalo pela rédea. O carro parou. Ele saltou. Bernanos abraçou-o como se fosse um amigo de longa data – eles nunca se haviam encontrado antes – e beijou a mão de Lotte. Depois, atravessaram um campo de terra e entraram numa casa de pedra de aspecto austero.

– Bem-vindos ao meu palácio – disse Bernanos, sorrindo. Algumas crianças vieram saudar os recém-chegados e depois se dispersaram nos fundos. A esposa de Bernanos ofereceu refrescos, trouxe biscoitos e frutas. Sentaram-se. Beberam. Stefan esforçou-se para responder com otimismo às perguntas sobre sua vida no Brasil. Interrogou seu anfitrião sobre seus projetos literários, fingiu entusiasmo com suas respostas cheias de ardor. Houve silêncios incômodos. Bernanos levantou, foi até o rádio pousado sobre uma mesa e que fora presente de um amigo sírio de passagem, falou da sua alegria de poder enfim captar as notícias do mundo, sugeriu que ouvissem as informações do dia. A sugestão não teve receptividade.

Trocaram novidades sobre os escritores no exílio. Jules Romains no México, Roger Caillois em Buenos Aires e todos os demais em Nova York. Caillois oferecera a Bernanos uma coluna em *Les Lettres Françaises*.

– Seria bom que você escrevesse também para a revista... Um simples artigo assinado por você será altamente prezado. Um texto de Zweig nesta América do Sul que o admira e celebra seria como uma mensagem numa garrafa lançada ao mar na direção da França, onde você também é amado. Isso não teria preço!

Stefan não queria falar de política, nem de apelos à guerra aos povos da América do Sul. Só uma coisa lhe interessava. Roger Martin du Gard confidenciara-lhe numa carta que Bernanos era propenso a crises terríveis de desespero. Ele teria apreciado interrogar seu anfitrião sobre a veracidade dessas alegações. Seria possível que um colosso como ele pudesse igualmente sofrer de acessos causados pela solidão do exílio? Mas desistiu de abordar o assunto: o homem a sua frente tinha todo o aspecto de quem dormia o sono dos justos.

– Eu sei – disse Bernanos – que você é uma pessoa repleta de humildade, que deseja ignorar a influência que exerce. Além disso, aqui nos sentimos afastados de tudo, a tristeza paira sobre nós e mina as nossas forças. Mas é preciso encontrar a coragem de agir. É preciso crer, não digo que forçosamente num Deus, pois me parece mais razoável ser ateu do que ter fé num Deus engenheiro. Não, é preciso crer em nossa força e em nossa razão. Como escritores errantes dispomos, entre nossas mãos, na ponta dos dedos, de uma arma poderosa. É preciso nos mostrarmos dignos daquilo que escrevemos, dignos dessa bênção divina. Sua pena e seu nome constituem uma respeitável espada que assusta os Goebbels, os Laval, todos os imbecis e covardes. Escreva, atue. As colunas de *O Jornal*, do *Correio da Manhã* lhe estão abertas como está o coração dos brasileiros. Junte-se a mim. É agora ou nunca. Tudo será decidido agora. A Confederação dos Estados Sul-Americanos está reunida enquanto falamos. Os líderes vão escolher de que lado ficamos. Ambos sabemos como o presidente Vargas foi hesitante, e em certa época ele sem dúvida teria preferido Mussolini a Roosevelt. Foi um passo em falso e devemos muito ao ministro Oswaldo Aranha. Líderes de outros países sul-americanos ainda não romperam com a Alemanha. Imagine se eles escolherem as potências do Eixo. Será o fim das nossas esperanças. Escreva, ponha seu peso na balança! Seu nome assinando um artigo pode influenciar a opinião pública, tocar os corações das populações da Argentina e do Uruguai. Você possui uma grande autoridade moral. Sei o quanto você valoriza a sua liberdade. Eu e você detestamos os pensadores. Não estamos a serviço de causa alguma. Quanto a mim, não me veja como um soldado do Evangelho ou um arauto do rei. Sou um simples criador de gado e agricultor. Mas, como você, estou a serviço da liberdade. O dom que pesa sobre nós e traz tanta felicidade, pode às vezes nos esmagar, já que nos impõe responsabilidades. Nós somos missionários. Os bem-pensantes ridicularizaram a missão do escritor. Mas devemos nos situar acima da luta? Estive na luta das trincheiras em 1914, e esta em que lhe proponho entrar é brincadeira em comparação. Ela traz uma esperança ardente, aquela da razão, do propósito, da coragem. Este combate aquece o coração. Não há tortura pior do que o tédio ou uma esperança vã. O mundo a que pertencemos será salvo pelos escritores e poetas. Depois de Munique, os dirigentes das democracias estão fazendo a dança do medo. O medo é o fantasma do demônio. Nós que vivemos no outro lado do mundo, não podemos mais ficar na indecisão. Claro que nunca seremos fortes o suficiente para vencer o demônio. Mas sem heroísmo não há vida interior possível. Mas preste atenção: não pense que foi fácil para mim pôr meu talento a serviço da França Livre. Não sou um panfletário. Deus sabe o quanto lamento por não poder mais escrever romances. Mas, aqui entre nós, é possível alguém escrever romances nesses dias sombrios? A luz que clareava nossa obra ainda penetra em nossos corações? Não, o momento não é mais para o romance. Mas, se cumprirmos nosso dever, esse tempo voltará. É preciso deixar de ser triste. Nosso desespero seria a vitória deles. Um dia, se formos numerosos o suficiente, a França de Pétain voltará a ser aquela de Clemenceau. O sangue dos traidores correrá pelo Sena. Hoje, infelizmente, os nazistas desfilam pelos bulevares de Paris e os imbecis vão assistir e aplaudem. É dentro desse clamor que é preciso se fazer entender. Nós somos romancistas, avançamos em meio às trevas guiados somente por nosso instinto. É a partir das trevas que se deve esclarecer as consciências. Nenhum povo pode se salvar sozinho. Caro amigo, o povo precisa ouvir sua voz.

Stefan hesitou em responder, em argumentar, ferir os sentimentos de seu anfitrião, defender o indefensável. Era melhor aquiescer, dizer sim, tem razão, Sr. Bernanos, estamos todos no mesmo barco, todos os homens possuem um coração de ferro e uma alma rebelde, a humanidade é feita de heróis da sua espécie, todos eles donos de seus atos, submetidos a uma única fé, todos indestrutíveis, todos semideuses enfrentando as forças do mal com flores em vez de fuzis.

Mas não conseguiu expressar tais opiniões. Seus lábios entreabriram-se involuntariamente. Agradeceu ao anfitrião por suas palavras e disse que se sentia extremamente honrado. Mas Bernanos estava errado. Ninguém, em nenhum lugar do mundo, tinha necessidade das palavras e escritos de Stefan Zweig. Além disso, seria sua voz ao menos audível em meio ao fragor das armas? O que faria sua voz trêmula e chorosa diante das vociferações do Führer e dos berros de Goebbels? O seu murmúrio lastimoso em meio à estridência dos aviões Stukas e dos latidos dos cães? Sua voz vinda dos abismos, saída do seu sofrimento? Essa voz se perderia ao sopro do vento. Como Bernanos podia esperar que ela chegasse até as terras da Europa? Bastaria uma palavra dele, um "abre-te sésamo" de Stefan Zweig e as portas do inferno se abririam? E o que teria ele a dizer, qual seria sua mensagem? Sentia-se desolado por passar por covarde, mas ele não mudara depois de trinta anos, continuava fiel à mensagem de Romain Rolland, lançada em 1914. Manter-se "acima da refrega", mesmo que o próprio Rolland tivesse abjurado sua fé pacifista. Rolland continuaria sendo um sábio, uma Luz. Enquanto falava, lembrou-se de algumas observações que Rolland lhe fizera numa carta, sua última carta: "Eu não consigo imaginá-lo instalado no Brasil. É tarde demais em sua vida para fincar raízes profundas. E sem raízes nós viramos sombras."

Disse que se sentia como uma sombra. Não tinha mais a força para se fazer ouvir. Viagens e andanças demais, excesso de ilusões perdidas, de lamentações, de nostalgias. Tinha dito tudo que sabia, escrito todas as piedosas mentiras que haviam embalado seus sonhos. Não via em nenhum lugar do seu espírito de onde fazer surgir uma verdade essencial, não vislumbrava nenhuma questão que ainda continuasse secreta. E Bernanos sabia muito bem: ele jamais tivera a alma de um combatente. A Europa Central da qual fora o arauto era um lugar de poetas, de sonhadores, um mundo infantil de conto de fadas. As páginas da história que se escreviam hoje contavam sobre núpcias negras. Entrar em combate contra o diabo? Estava muito velho. Faltavam-lhe força e determinação. A menor brisa fazia-o vacilar, imagine o exército de Hitler! Os soldados SS morreriam de rir diante de um inimigo como ele. Seu desespero havia queimado as pontes entre ele e o mundo dos homens. Estava derreado, não tinha mais fé em nada, invejava a energia inexaurível de seu anfitrião tal como o fervor combatente de Jules Romains. A humanidade precisava de homens assim. Mas quem precisava dele? Ele não passava de um peso morto. Talvez fosse essa a razão por que havia sido varrido tudo que representava, tudo que estimava. Tornara-se um símbolo destinado a desaparecer e era melhor que assim fosse. Talvez fosse o preço a pagar pela vitória? Não havia mais lugar para ele no mundo novo que emergia das ruínas do presente. Não sentia mais prazer em escrever, em entabular uma conversa. Fazer sua voz ser ouvida? Preferia o silêncio.

Bernanos não replicou. Lotte interveio para preencher o vazio da conversa. Ela perguntou a Bernanos se a vida não era rude demais, no meio daquele sertão. Falaram sobre criação de cavalos e plantio de mandioca. Após um longo momento, Stefan saiu de seu mutismo. Perguntou a Lotte a que horas partiria o trem de volta. Sentia-se fatigado. Gostaria de voltar o mais cedo possível.

***

O trem avançava lentamente na noite negra. Ele não conseguia se livrar do sentimento de cólera que permeara aquele encontro. Tinha acreditado que a visita lhe aqueceria o coração, atuaria como um bálsamo. Aconteceu o inverso.

Devia ter aprendido a lição, se defender – era um péssimo advogado de si mesmo. E só havia exprimido uma fração do que pensava. Na verdade, sua obra não exaltava uma mensagem de pacifismo, mas fazia o elogio da derrota. Sim, a seus olhos o vencido era uma figura sublime, aquele que representava a vitória moral. A raça dos humilhados era superior à raça dos senhores. Como transmitir essa mensagem? Esperavam dele uma voz libertadora, lançada do alto das marchas da glória. Eu, o general Zweig, comandante do exército dos vencidos, aniquilados, esfarrapados, marchando em direção à morte, avançando em fileiras cerradas, em silêncio, um povo de miseráveis, pasmo diante de tantos esforços empregados com o único fim de exterminar. Comandante de um povo infinitamente piedoso, petrificado frente à infinita barbárie, um povo removido das planícies da Polônia, capturado no mesmo lugar, criança olhando para o homem de negro tomado de um ódio absoluto que aponta o fuzil em sua direção, mãe estupefata diante do espetáculo de horror inédito, velhos tiritando no frio, famílias reagrupadas sob a metralha. General Zweig, comandante de um exército de mortos, era isso que Bernanos queria? Ele pensou no herói de sua primeira novela publicada em 1901. Ele tinha vinte anos e este primeiro texto, *Na neve*, saiu na revista *Die Welt*, dirigida por Theodor Herzl. Sim, uma revista sionista, logo ele, que sempre havia rejeitado as ideias nacionalistas. Sempre tinha preferido o trágico destino dos judeus no exílio ao orgulhoso futuro prometido ao povo de Israel na sua terra ancestral. E o que contava sua primeira novela, escrita quarenta anos antes, naquele início de século tão promissor à época, mergulhado na embriaguez de um futuro radiante? O que havia escrito, ele, em 1900, numa idade em que outros ensaiavam poemas de amor? *Na neve*! A história de um gueto da Idade Média nos arredores de uma cidade alemã, perto da fronteira polonesa. Uma comunidade judia, pobre, isolada, fechada em si mesma, ardorosa de seu Deus e temerosa de que o mundo ao redor percebesse o murmúrio de suas preces. Então, certa noite, um emissário vem trazer a mensagem de medo, a mensagem da morte anunciada: os "Flagelantes" chegam, espalham-se em fileiras cerradas na direção do gueto, inebriados de ódio e sedentos de sangue judeu. Os Flagelantes, espécie de cossacos da Alemanha, tinham saqueado os *shtetls* circundantes, não deixando atrás de si nenhum judeu vivo. Sim, ele escreveu essas linhas no frescor de seus vinte anos, no século que se anunciava mais radiante que o século das Luzes, o mais emancipador de todos os tempos. Feliz como um judeu alemão. Ele, o jovem Stefan, retorna ao século XIV no tempo dos Flagelantes, tempo de horrores artesanais, tempo de pequenos massacres, tempo da peste negra, tempo anterior aos *pogroms*, ele remonta à origem, e para onde leva sua pequena comunidade judia em fuga da horda alemã? Ele a conduz para a Polônia, sim, seus pobres seres acuados, fugindo ao avanço alemão e puxando seus trenós pelas planícies polonesas. E o que ouviu um jovem Stefan, que se tornou esse velho covarde desdentado? Ele ouviu os soluços de mulheres desamparadas, o choro obstinado das crianças, o rugir da tempestade que se aproxima, a cacofonia de gemidos e lamentos. O que viu o ambicioso Stefan, que sonha com a época de glória literária e amores fortuitos? Ele viu a neve, no enregelado frio, ocupando todo o espaço, impedindo o avanço das carroças, a neve congelando os cavalos e seus donos. *E o medo da morte transforma-se dentro deles em uma resignação e uma submissão desesperadas.* São suas próprias palavras aos vinte anos. O canto fúnebre entoado pela tempestade, o frio glacial que dizima os fugitivos. Os judeus alemães mortos de frio a caminho do paraíso polonês. *Josué abraça sua noiva com mãos geladas. Ela já está morta, mas ele não sabe disso...*

O imenso ataúde de gelo da Polônia. A maior sepultura do universo. Eis sua primeira obra, a negra visão dos seus vinte anos, o congelante sudário de Israel.

***

Lotte sentiu necessidade de tirá-lo de sua depressão:

– Conte-me uma de suas lembranças. Faz muito frio neste vagão, me aqueça com uma de suas histórias. Adoro quando você as conta. Partilhe comigo um episódio de sua vida que você nunca contou, alguma coisa inédita.

Era porque o trem havia passado por um povoado onde a cruz no topo da igreja se elevava bem acima das casas? Sua memória fixou-se no caminho de uma pequena aldeia alsaciana. Ele reviu em pensamento Gunsbach e, de súbito, apareceu-lhe a figura de um homem a quem dedicara profunda estima. Então, seu rosto iluminou-se. Com uma voz clara, começou a contar seu último encontro com Albert Schweitzer. Tinha sido há vários anos – e fora inesquecível. Depois de uma visita à catedral de Estrasburgo, ele tinha, em companhia de seus dois amigos, tomado o trem para Colmar, depois um ônibus para a aldeia de Gunsbach, onde vivia o celebrado médico, que além de grande humanista era também um renomado musicólogo. E o homem, pianista virtuoso, autor de um notável estudo sobre Bach, propôs a seus visitantes tocar algumas peças para eles. Mandou abrir a igreja de Gunsbach e começou a tocar com seus dedos finos e longos num órgão fabricado segundo suas especificações. As notas da *Cantata do Advento* ressoaram na nave. Um instante grandioso de paz. Enquanto seus dedos corriam sobre o teclado, uma presença divina habitava a capela.

Ele se interrompeu e, repentinamente excitado, perguntou a Lotte se já lhe havia contado sobre o seu encontro com Rodin em Paris, em 1905. Ela mentiu, dizendo que ignorava esse fato e pedindo que contasse. E no meio da noite escura e fria repetiu-lhe a história que ela já ouvira tantas vezes. Ainda muito jovem, tinha sido convidado à casa do escultor e foi testemunha de um espetáculo inesquecível: o gênio no meio de suas obras, esquecido de sua presença, retocando com uma espátula uma escultura de mulher. E, depois de Rodin, foi a vez de Jaurés, depois Rilke, Alma Mahler e Maurice Ravel. À medida que a noite avançava, uma luz extraía do nada momentos interiores de sua existência. E por todo o caminho, enquanto o dia raiava, Viena resplandecia.

Quando o trem começou a reduzir a marcha, Lotte, sem parar de ouvi-lo, imaginava ser sua princesa do Oriente a quem um homem vinha narrar suas mil e uma noites.

***

Naquela noite, por volta das 20 horas, Feder apareceu para visitá-los. Como de hábito, o berlinense trouxe para seu anfitrião um livro comprado no Rio. Mas Zweig não lia autores contemporâneos. Passava o tempo relendo *A comédia humana*, havia retomado uma tradução de Homero em alemão, estava lendo uma seleção de peças de Shakespeare e ainda tinha tempo de reler *Wilhelm Meister* de Goethe.

– Agora já conheço a lista de livros que você levaria para uma ilha deserta – disse Feder.

Eles já viviam numa ilha deserta.

– Recapitulemos: Montaigne, Goethe, Homero, Shakespeare, Balzac. Não vejo mais grande coisa a acrescentar. A Bíblia, talvez. Bem, eu lhe trouxe o último Thomas Mann: *Lotte em Weimar.*

Este fora um dos últimos livros que um jornal inglês encomendara Stefan a resenhar. Ele havia escrito a Mann expressando sua admiração e prometido enviar-lhe a resenha assim que fosse publicada. Não chegara a fazê-lo. Tinha fugido de Londres e não voltara a escrever para Mann. Decidira pôr fim às mentiras e bajulações. Tinha ficado envergonhado com as palavras elogiosas contidas em sua resenha. Na realidade, confidenciara a Feder, havia detestado o livro do prêmio Nobel, relato do último encontro, em Weimar, entre Goethe e seu amor da juventude, essa Lotte inspiradora da heroína de *Sofrimentos do jovem Werther*. Havia abominado a maneira pela qual Mann tinha tratado seu tema. Sua frieza no tratamento, o excesso descritivo, faziam do livro um simples relatório. Ele, nos seus próprios ensaios, sempre desprezara a exata veracidade dos fatos, concedendo-se o direito à subjetividade. Jamais procurava definir plenamente seu tema, traçar fronteiras definitivas. Ele não era um geólogo. Só procurava o fragmentário. Via-se como um impressionista. Quão bom seria um certificado de autenticidade? Acima de tudo importava-lhe a emoção desencadeada por suas personagens. Sabia que um homem não podia ficar reduzido ao que se conhecia de sua existência. Era preciso, conforme as afinidades com seu tema, entrar em comunhão, lidar com os aspectos sombrios em vez de com a verdade revelada.

– É engraçado notar, finalmente, como suas escolhas como escritor revelam a sua natureza mais íntima. Mann escolheu escrever sobre Goethe, e você sobre Kleist e Nietzsche. Você busca seu caminho nas trevas, fica vagueando de um país para outro, sem filhos nem lar, você veio se enfurnar neste fim de mundo no meio do nada. Mann segue em frente a pleno vapor. Mann é obcecado por sua glória e sua posteridade. Mann cerca-se de pessoas e se protege. Ele é o centro onde tudo começa e tudo acaba, ao redor de quem tudo gravita. Enquanto você veio para um lugar onde nada acontece, a um ponto que não tem volta, Mann elabora sua estratégia de reconquista. Mann constrói sua estátua, Mann esconde sua verdadeira natureza. Mann nunca revelará suas tendências homossexuais. Mann esconde qualquer coisa que possa comprometer sua imagem. Mann acha-se incomparável, ele procura a luz e descobre que Thomas Mann é a luz. Enquanto você, você está condenado a desaparecer.

Que poderia ele fazer, se preferia Kleist a Goethe? Se era mais atraído pelos malditos do que pelos poderosos? Ele nutria uma admiração sem limites pelos poetas que tinham fins trágicos. A esses poetas dedicara o seu melhor ensaio, *A luta contra o demônio*. Sua própria mente entrava em harmonia com essas almas loucas. Ele se sentia capturado por tormentos semelhantes àqueles que habitavam Nietzsche e Hölderlin.

Bem antes do exílio, antes mesmo de deflagrada a Primeira Guerra Mundial, de fato tão longe quanto sua memória alcançava, as ideias negras sempre tinham sido o solo fértil para seus pensamentos. Jamais se sentira à vontade em seu mundo. A cada vez que pensava na sua infância, lembrava-se de ter visto uma sombra pairando sobre sua cabeça. Com o passar dos anos, essa sombra tinha-se estendido. Agora ela cobria o céu acima de sua cabeça. Sim, infelizmente ele podia tornar sua esta frase de Kleist: "*Minha alma está tão mortificada que toda vez que chego à janela, a luz do dia me faz muito mal*".

– Posso lhe fazer uma pergunta? – disse Feder. – Um tanto indiscreta? Bem, no seu ensaio sobre Kleist, você tem um modo de falar sobre a morte dele, de seu suicídio junto com Henriette Vogel, sua segunda mulher, bastante... bastante curioso.

Ele fingiu não ter entendido. Feder prosseguiu:

– Sim, você escreve com uma espécie de empatia e de fascinação pelo seu gesto, dá a impressão de fazer o elogio de seu suicídio. E acrescenta, se não me falha a memória, que ele foi o maior poeta da Alemanha porque o seu fim foi o mais belo. Você sublinha essa morte atroz.

Feder viu o olhar fatigado de Zweig pousar sobre ele, repleto de dor e amargura. Feder teve medo desse olhar, ao mesmo tempo em que era atravessado por um sentimento de compaixão infinita.

– Deixe-me saber: quando você escreveu que essa morte voluntária foi uma obra-prima, isto foi um floreio estilístico?

Claro! Tudo isso não passava de uma figura de retórica. Ele desejou pôr um fim à conversa e foi-se servir de um drinque.

Sim, ele escrevera tais frases insensatas, mortíferas, e muitas outras, sobre quão sublime foi esse gesto fatal. Sim, ele admirava o tom grandioso dessa morte escolhida. E, sim, ele colocava acima de tudo o gesto derradeiro de Kleist. Após meter uma bala no coração de sua companheira, o poeta disparou contra o seu próprio cérebro. Sim, seu *Kleist* ousara fazer o elogio deste ato funesto! E estas linhas foram escritas em 1925, antes que cães de caça começassem a persegui-lo e que a palavra morte se tornasse o lema da Alemanha. A paz ainda reinava na Europa. Mas agora ele caminhava à beira do abismo.

– Perdoe-me por voltar a este assunto – retomou Feder, ainda mais hesitante. – Mas Lotte... ela... ela nunca leu o seu *Kleist*?

Feder baixou os olhos, consciente de que sua pergunta ultrapassava os limites. Mas não pôde se impedir de concluir:

– Só digo isso porque... por causa das... coincidências...

Aonde Feder queria chegar? Certo, Stefan descrevera em detalhes a maneira como o poeta pusera um fim a seus dias após ter assassinado a segunda esposa. E havia falado de um gesto heroico, do maior dos amores. Sem dúvida ele havia extraído dessas núpcias fúnebres as suas páginas mais belas. Do que Feder o acusava? Feder adivinhara aquelas coincidências? Porque Kleist havia deixado Marie, sua primeira mulher e escolhido outra mais jovem do que ele e doente? A pergunta não tinha cabimento, era absurda. Feder buscava símbolos onde tudo tinha sido simplesmente obra do acaso. Ou Zweig era médium, tinha o dom de escrever seu próprio destino retraçando aquele de suas personagens? Ou talvez Zweig se considerasse Kleist? E pretendesse meter uma bala no coração de sua segunda esposa no dia seguinte? Era isso que precisava entender?

Feder pediu mil desculpas. Seu anfitrião prosseguiu. Não, Lotte não havia lido *Kleist*, não tinha nem aberto *A luta contra os demônios*. E para que não pairasse nenhuma dúvida, Lotte também não lera sua peça *O capricho de Bonaparte*, bem como *Fouché* ou *Fernão de Magalhães*. Ele não ia obrigar sua mulher a ler todos os seus livros! Mas, se algum dia ela lesse aquele livro, ele não achava que fosse se sentir ofendida. Lotte era uma alma pura. Ela não iria procurar o mal onde não havia nenhum para ser visto.

No cômodo vizinho, ouvido colado à porta, Lotte escutava tudo, horrorizada. Stefan mentia descaradamente para seu amigo. E pior, havia mentido para ela, sua esposa, fiel companheira, que podia entender tudo, que tinha visto e suportado tudo. Pensou no conselho que lhe dera e que na época ela não entendera muito. Quando ia começar a ler o *Kleist*, ele dissera:

– Oh, não perca seu tempo, o livro não é lá grande coisa. Um dia, quando tiver lido todos os meus ensaios, então, talvez...

Na sua ingenuidade, ela acreditou. Por que tinha que receber ordens dele?

Depois, subitamente, sua raiva voltou-se contra si mesma. E perdoou a mentira. Era culpa dela, se ele não a considerava digna de ser sua confidente, se achava que não teria coragem suficiente para enfrentar os segredos nas entrelinhas. Seu conceito sobre ela seria tão baixo a ponto de querer poupá-la da simples leitura de um livro? Tinha ela mostrado uma faceta de sua personalidade que lhe parecera por demais atemorizada? Decididamente, ele não podia confiar nela. Sim, ela era a culpada, mostrava-se muito frágil quando ele precisava de alguém forte em sua retaguarda. Como devia sentir falta de Friderike! Agora tinha que dar-lhe prova de seu destemor, uma vez, uma única vez, de modo que pudesse vê-la como nunca a tinha visto antes!

Secou as lágrimas, parou diante do espelho, arrumou o cabelo, inspirou fundo e assumiu um ar determinado. Abriu a porta do quarto, caminhou em passo resoluto até a sala, aproximou-se de Feder, deu-lhe um forte aperto de mão, olhou fixamente para seu marido – lendo a surpresa nos olhos dele. Ela se virou, foi até a estante, agachou-se junto à prateleira de baixo, levou sua mão sem tremer até o livro, puxou-o e lentamente, surpresa por um raio não ter caído sobre ela, voltou para o quarto.

Então, um sentimento de orgulho percorreu-a. Enfim ela se mostrava determinada, pronta para enfrentar a tempestade, uma mulher intrépida, e via-se agora sob uma nova luz. Depois desse ato de bravura, ele iria amá-la mais do que nunca. E mentiras nunca mais.

Sentou-se sobre o leito, cambaleando de felicidade e euforia. Ela se empertigou e começou a ler o livro. Foi acometida de imensa tristeza desde as primeiras linhas, ao descobrir que Stefan falava de si mesmo através do retrato de Kleist, "o eterno errante perseguido".

Ficou à beira das lágrimas logo na página 9:

> *Ele deixou Marie von Kleist, tão cara a ele, entregue à própria sorte. E arrastou Henriette Vogel para a morte... Concentrou-se cada vez mais em si mesmo, tornando-se ainda mais solitário do que a natureza o fizera. Essa dualidade entre o que ele era e o que quisera ser. Tinha desejos aos quais sua consciência o proibia de ceder. Sentia-se inferior a si mesmo.*

Ela verteu suas primeiras lágrimas ao ler:

> *Sua melancolia o fez buscar uma companhia para morrer com ele, mas esperou dez anos antes de encontrar alguém, e não era mais que uma mulher desenganada, corroída pelo câncer.*

Depois, ela foi devastada pelo pesar:

Ele encontrou uma mulher, quase uma estranha, que lhe agradeceu pelo estranho convite. Era uma mulher doente, aguardada pela morte, cujo corpo estava corroído como a alma de Kleist o era pelo cansaço da vida. Incapaz de uma firme resolução, vencida pelo entusiasmo do desesperado, essa incurável deixou-se voluntariamente cair no abismo.

As "coincidências" de Feder ressoaram no seu espírito. Prosseguiu na leitura:

Essa mulher condenada, esposa de um contador, nada tinha de especial para ele. Essa, que na verdade era pequena demais, doce demais e frágil demais para ele, tornou-se a companhia ideal na morte.

Sua visão ficou turva diante dessas frases:

Embora outra mulher tivesse jurado acompanhá-lo na morte, ele preferiu aquela com quem tinha vivido e a quem amava: Marie von Kleist.

E na sua mente ressoou: "Friderike Marie Zweig". E depois o terrível fim.

Esse coração perturbado encontrou a paz, viu-se em comunhão com o universo, conseguiu fazer de seu sofrimento um monumento imorredouro: disparou uma bala em pleno coração de sua companheira e uma outra dentro de sua boca. Sua mão não tremeu. Ele soube morrer melhor do que viver, sua morte foi uma obra-prima.

Ela tentou se recuperar. Não, ele não era médium. Não poderia ter escrito o seu próprio fim com quinze anos de antecedência. Esse elogio do suicídio era apenas literatura. Ela folheou o livro e parou no último poema de Kleist, aquele que seu marido considerava o mais maravilhoso.

A radiância múltipla de teu sol
Atravessa a venda que cobre os olhos.
Sinto asas me elevarem do solo.
Meu espírito se ergue através dos calmos espaços etéreos.

Vieram-lhe à mente as palavras do poema do 60º aniversário dele:

Só pode gozar a alegria de contemplar o mundo
Aquele que mais nada deseja...
Jamais a vista é mais cintilante e livre
Do que à luz do poente.

Era a mesma veia, as mesmas concordâncias – "coincidências", diria Feder. Então todo o sentimento de cólera abandonou-a. Não estava mais ressentida por ele ter-lhe mentido. Não experimentava mais o sentimento de ciúme em relação a Friderike. Ela se estendeu sobre o leito, os olhos fitando o vazio. Ele era seu primeiro e único amor. Se Kleist é o seu modelo, eu serei a esposa de Kleist, serei a última mulher, irei com ele em direção à luz que ele percebe. Pegarei sua mão à noite. Eu o precederei até lá onde o destino nos leva, rumo aos lugares desconhecidos que depois de tanto tempo a sorte nos reservou. E pouco importa se a estrada segue somente em direção às margens sombrias onde nenhuma vida resiste, onde o ar é escasso. Conheço a dor de quando o ar falta. Meus pulmões estão estragados depois de tanto tempo, meu corpo não passa de uma chaga. Cada sopro de ar que chega ao fundo de meus brônquios traz o gosto amargo do último de meus alentos. Conheço o perfume da morte que ronda. Ela ronda junto a mim, ronda o dia e ronda a noite. Ela suga o ar que respiro, alimenta-se por mim e bebe em meu lugar. Sou sua família e ao mesmo tempo sua presa. Ela não me mete medo. Nenhuma voz chorosa grita no fundo de mim, nenhum lamento me prende. A vida que tenho levado e o futuro que me prometo exalam um ar envenenado. A hora derradeira soará como a hora da libertação. A vida fez de mim um ser digno de pena e frágil, e desprezível, eu sou a mulher silenciosa, não é assim que me chamam? Já vivi todos os tempos de infelicidade. Já vivenciei a amargura, a solidão e a desgraça. Jamais fui amada. Caminharei com ele, no meio das trevas. E, se o frio é glacial no meio das florestas, o fogo que me consome queimará por nós dois. Meus ardores sem peias lhe aquecerão a alma. Minhas lágrimas consolarão sua dor e seu pesar. Seu coração é inacessível nesse mundo, mas meu amor é maior que o infinito. Meu amor alcançará seu coração, e meu amor será tão forte que carregará seus restos mortais. Meu amor reinará sobre o império das trevas. Sem dúvida não há luz suficiente nesse submundo para que ele veja meu verdadeiro rosto, mas o céu seguinte constelará de estrelas onde serei capaz de brilhar, onde meu pálido espectro usará encantamentos e belezas insuspeitáveis, sim, é na vida eterna que se gozam as delícias que não se pode agarrar. Pouco importa se não fui a mulher de sua vida aqui na terra, se é que alguma outra poderia ocupar este lugar. Eu, Lotte Altmann, serei sua companheira por toda a eternidade.

FEVEREIRO

Segunda-feira, 16 de fevereiro, noite

Archotes estendidos na direção do céu por uma multidão de braços iluminavam a noite do Rio. Uma maré humana despejava-se em cada esquina, descendo dos morros, espalhando-se em ondas sucessivas, saltando dos bondes. Homens, mulheres e crianças zanzavam pelas calçadas em alegre carnaval, todos usando máscaras, narizes postiços, com rostos pintados em cores vivas. Podia-se ver fantasias de fidalgo, diabo, palhaço, homens travestidos usando chapéus esquisitos, cartolas, enfeites emplumados, tiaras de imitação. Do asfalto elevava-se um clamor confuso feito de gritos, batidas de pés e cantos, rufar de tambores, repicar de tamborins e toques de clarim. Nas sacadas dos edifícios o vento agitava bandeiras, lanternas e guirlandas. Entoado por milhares de bocas, o ritmo do samba envolvia a cidade, um canto de fervor pagão vindo de tempos ancestrais. A vida transbordava das ruas como um rio inundado.

Eles caminhavam no meio da multidão, contagiados pelo ambiente febril, tomados por uma sensação de euforia. Tinham-se deixado convencer a assistir ao Carnaval, sair por três dias de seu local de reclusão. Agora se deixavam levar, afastando-se do seu ambiente de aflição. Seguindo o desfile, eles deslizavam para o esquecimento.

Haviam deixado Petrópolis algumas horas antes, e a cidade serrana, toda coberta de silêncio e maus sonhos, já lhes parecia um outro planeta. Quanto a Viena, parecia distante uma eternidade! A Alemanha era uma estrela morta. Não percebiam mais o som das marchas fúnebres. Eles recuperavam sua visão em meio à multidão agitada e voluptuosa diante dos olhos. Talvez estivessem mortos e fossem os seus fantasmas que participavam daquela folia dionisíaca? Amanhã seria Terça-Feira Gorda, e depois a Quarta-Feira de Cinzas. O tempo havia perdido a ordem antiga dos dias. Eles se deixaram engolir por essa massa ensurdecedora da qual se elevava um amor infinito. No outro hemisfério, a terra era uma masmorra úmida onde um povo mudo desfilava debaixo de neve. Aqui, o canto e a dança tinham enchido de luz as almas sombrias.

A multidão dividiu-se para dar lugar a um desfile. Um homem sozinho no meio da avenida abriu o desfile dançando uma sarabanda. Atrás dele vinha uma horda de mulheres em vestidos curtos e decotados, de corpos pesados e voluptuosos, mas cujos pés pareciam mal tocar o chão. Mais atrás vinha o primeiro carro alegórico, representando uma nau com seu emblema na proa e uma banda tocando. Seguiu-se um homem vestido de mestre de cerimônias, secundado por centenas de dançarinos avançando em ordem dispersa e seguindo a marcação. Depois veio um grupo de mulheres em trajes de baiana e mais outros carros, ostentando esculturas, guitarras gigantescas, estátuas de efebos, monstros bicéfalos, encarnação de deuses e transbordando de dançarinas seminuas.

Stefan e Lotte mantinham-se de mãos dadas, de modo a não serem arrastados pela multidão. Olhavam, embevecidos diante de tanta beleza e indiferença.

Ele usava um terno branco e chapéu panamá. Quando se olhara no espelho, no apartamento de seu anfitrião e amigo Cláudio de Souza, essa visão de si mesmo – como se tirada de um passado distante – o fizera sorrir. Lotte emergira do banheiro em vestido vermelho curto e colante que deixava as costas nuas, roupa que nunca a vira usar. Ela estava radiante e ele se aproximou, beijou-a nos lábios e deslizou a mão sobre seus ombros. Depois saíram, esperando nos degraus da soleira que viessem juntar-se a eles o seu anfitrião, o casal Feder e a família Koogan. Uma vez todos reunidos, entraram na folia pelas ruas da cidade.

Foram envolvidos pela multidão e se deixaram conduzir através da Avenida Central até a Praça Onze, encravada no coração dos bairros negros, entre o Morro da Favela e os subúrbios da Zona Norte. Parecia que a esse local convergiam todos os cariocas, repetindo em coro uma melodia melancólica entoada por uma escola de samba. Koogan explicou que o samba, intitulado *Adeus, Praça Onze*, exprimia a tristeza do povo pela iminente demolição da praça, para dar passagem à futura avenida Presidente Vargas. Koogan admitia que sem dúvida *Adeus, Praça Onze* seria eleita a melhor música do Carnaval de 1942, embora sua preferência fosse por *Saudades da Amélia*, mais sentimental e melodiosa. Stefan perguntou-lhe que importância isso tinha.

– Ora – respondeu Koogan –, aqui o Carnaval é mais ou menos como o nosso festival de Bayreuth, você sabe.

Mas ele havia esquecido Bayreuth.

No ar ressoavam as palavras do samba repetidas em coro pela multidão:

– Vão acabar com a Praça Onze. / Não vai haver mais escola de samba, não vai. / Choram os tamborins, / Chora o morro inteiro...

Koogan traduziu a letra em seu ouvido.

Mais uma vez a multidão se movia, uma torrente disforme, animada por movimentos ondulantes sob uma chuva de serpentinas e confetes. No meio dessa desordem gigantesca e alegre, ele foi acometido por uma súbita sensação de pânico. Havia perdido a mão de Lotte. Olhou ao redor. A ideia de que estivesse perdida naquela maré humana aterrorizou-o. Abrindo caminho no pandemônio, começou a gritar o nome de Lotte – seu grito perdeu-se no meio da confusão. Tudo ao seu redor era puro júbilo. Um homem fantasiado de caveira gritou-lhe no rosto. Ele se sentiu empurrado pela multidão e imaginou que Lotte se perdera. Um grupo de mulheres, seios expostos e corpos suados, circundou-o, executando uma espécie de dança primitiva. Ele se sentiu grotesco de terno branco no meio daquela multidão maltrapilha. Um homem de barba postiça saltou a sua frente e arrebatou-lhe o panamá. Ele permaneceu imóvel, petrificado. Depois, tão subitamente quanto se formou, o grupo dispersou-se. E de repente ele a viu, coberta de serpentinas, rebolando com graça diante de um homem tocando maracas. Ele continuou por um instante imóvel observando a cena, em meio àquela agitação frenética, o olhar obstinadamente cravado na sua mulher, que parecia flutuar como num sonho. Alguém tocou no seu ombro.

– Aí está você! Até que enfim! – exclamou Koogan. – Você nos deu um susto danado... Mas Lotte não está com você?

Ele apontou para ela com o indicador.

Haveria um grande baile no Teatro Municipal. Koogan garantiu que seria divertido. O champanhe rolaria que nem água. A orquestra de Ray Ventura seria uma das atrações.

Seguiram para o teatro, onde o baile teria lugar no salão nobre. Não era o mesmo ambiente das ruas. Os homens estavam vestidos a rigor, as mulheres fantasiadas e cobertas de lantejoulas. Aqui a festa era dos brancos e a elegância imperava. Ainda assim, a atmosfera estava carregada do mesmo clima de folia e abandono. Nos salões espelhados, homens e mulheres requebravam no ritmo dos sambas tocados pela orquestra. Compridos cordões formavam-se e desfaziam-se, atravessando o salão, deslocando-se para se aglutinarem de novo num frenesi contagiante. Confetes choviam, *flashes* espocavam. Stefan jamais vira um tal extravasamento. Bebeu todas as taças que lhe foram oferecidas e deixou que o espetáculo de belas mulheres lhe subisse à cabeça, depois deu uma volta em torno do salão. A noite parecia não ter fim. Em meio aos tecidos, mármores e mesas pairava um perfume embriagador. Ele iria até a fonte deste sangue novo. Talvez o mundo não acabasse amanhã. Aqui se elevava um canto pleno de fraternidade. Uma nova humanidade estava sendo construída nas ruas e mansões.

A orquestra começou a tocar uma valsa lenta. Lotte postou-se diante dele, que lhe abriu os braços e enlaçou-a pela cintura. Começaram a dançar. Tudo girava em volta deles. Aceleraram os passos da dança, solenes entre os outros casais, ignorando o mundo ao redor, ignorando o passado e o futuro. Fitando-a nos olhos, ele murmurou que a amava. Ela sustentou seu olhar, depois aproximou os lábios de seu ouvido e disse que o barulho a impedira de ouvir o que lhe tinha dito. Poderia repetir?

– Eu te amo – repetiu ele.

Lá fora, a noite começava a dar lugar à aurora.

Terça-feira, 17 de fevereiro, manhã

Caminham em fila indiana ao longo da calçada, sob um sol já brilhante. Juntam-se à multidão que enchia de novo as ruas para festejar a Terça-feira Gorda, todos ainda inebriados pelos excessos da véspera e animados pelo que o último dia de Carnaval prometia. Seguem em frente de cabeça baixa, sob o batuque ensurdecedor dos tambores, espocar de fogos e silvos de apitos.

Eles nada falam. Stefan veste uma calça preta de veludo e uma camisa um tanto amarrotada, enquanto Lotte traja um vestido cinza disforme. Cada um leva uma maleta. Ele lidera a caminhada, forçado a enfrentar o olhar irritado de cada passante empurrado. Ele não se desculpa. Nenhuma palavra consegue sair de sua boca. Seus lábios estão secos. Busca o caminho em direção à praça Mauá, onde devem pegar o ônibus para Petrópolis. Ela o segue, aterrorizada com a ideia de perdê-lo. Avançam em meio à festa renascida das cinzas da véspera, nutrida pela exuberância da noite. Um homem fantasiado de palhaço aproxima-se de Lotte, fazendo grandes sinais com os braços. Ela prossegue em seu caminho. Uma mulher atrás dela enche-a de insultos e a empurra. Lotte perde o equilíbrio, a maleta abre e espalha seu conteúdo pelo chão. Ela grita para alertar o marido. Ele ouve seu grito em meio ao tumulto e retorna na direção dela. Lotte enfia, uma a uma, suas coisas na maleta. A mulher que a insultou se apossa do vestido vermelho no chão, agita-o com o braço estendido, arremessa-o no asfalto e afasta-se dançando. Risos irrompem ao redor e os olhos de Lotte enchem-se de lágrimas. Torna a fechar a maleta. Olha, petrificada, para seu vestido pisoteado pela multidão. Stefan apressa-a e ela o segue. Aproximam-se do terminal de ônibus. Ela agora já conhece o local, sabe aonde ir. Passa por eles um bonde repleto de pessoas que dançam ao som de uma pequena banda. Atravessam a multidão que não abre caminho para lhes dar passagem. Eles querem fugir do Rio. Seguem suas próprias sombras refletidas no chão. A animação febril que dominou a cidade já não lhes interessa mais. O coração deles está congelado de medo. Seus olhos veem abismos por toda parte. O calor dos fogos de artifício sendo acesos não os afeta. Vão em frente, envoltos em sua dor. As janelas dos edifícios cintilam ao sol forte. Seus olhos nada veem senão a chuva eterna, maldita, fria e intermitente. Vão reencontrar seu túmulo, partem para Petrópolis nesse dia da festa tão aguardada na qual depositaram sua esperança. Amanhã será Quarta-feira de Cinzas, que para eles já chegou. Eles leram as manchetes essa manhã. Cingapura caiu. Cingapura, último baluarte da civilização, rendeu-se aos japoneses. Algo jamais imaginado. A fortaleza inglesa e seus cem mil soldados! "Os britânicos perderam a guerra!", diz a manchete. O último bastião caiu. Agora os bárbaros têm o mundo a seus pés. O horizonte abre-se para eles. Agora os valentes soldados de Sua Majestade marcham, de cabeça baixa, pela selva da Malásia. Cingapura caiu. A rota do petróleo abre-se para os japoneses.

A guerra acabou. Os alemães avançam na direção de Suez. As potências do Eixo unirão suas forças. Dentro de um ano, os bárbaros invadirão o Rio. A festa está terminada. Não existe mais refúgio em parte alguma, nenhum lugar onde se esconder. A dor e a angústia estão gravadas em suas faces. Se Cingapura caiu, nenhum exército, nenhum general poderá resistir às ondas sucessivas das tropas inimigas. É chegada a hora de não mais esperar pelo futuro. Só resta admitir a derrota. O que tanto se temia aconteceu, e o pior advirá. Não poderiam mais sonhar com a paz e a felicidade. Estão cercados por todos os lados. Não existe mais um mundo futuro, o mundo antigo desapareceu. A longa procissão dos anos de terror tinha durado bastante. A impostura de sua existência fora malsucedida. Era hora de reunir-se a seu povo, seguir suas passadas, o caminho está todo traçado.

Eles deixavam para trás Cláudio de Souza e os Koogan. Abandonavam o Rio às suas ilusões grotescas. Eles se sentem culpados. Mostraram-se indignos. Eles riram, cantaram e dançaram. Felizmente, Cingapura, a cidade martirizada, chamou-os de volta à razão. A multidão em torno deles ignora a catástrofe que se abate. Seus olhos, vermelhos de euforia, são cegos. Eles dançam sobre as ruínas de Cingapura, aquelas almas simples. Eles exultam enquanto a procissão da dança macabra se organiza, avança sobre eles. A infelicidade jamais terá fim.

Nada mais os retém à beira do abismo. É hora de deixar este mundo. Voltar a Petrópolis.

Domingo, 22 de fevereiro de 1942, meio-dia

Eles tinham demitido a governanta. O jardineiro tirara o domingo de folga. A casa está inundada de sol. Através das janelas entreabertas, cujas cortinas ondulam suavemente, ouvem o canto dos pássaros. Stefan percorre pela última vez todo o apartamento. Tudo está na mais perfeita ordem. Sobre a pequena escrivaninha estão cuidadosamente dispostas as cartas que ele escreveu ao longo da semana. E este foi seu único trabalho desde a quarta-feira até sábado. Uma carta para Abrahão Koogan, uma para Victor Wittkowski, uma para o irmão de Lotte, uma para o irmão de Friderike, uma outra, a mais longa, para seu prezado Jules Romains. E nesse domingo de manhã uma declaração aos cuidados de seus anfitriões brasileiros, e a última, uma hora atrás, para Friderike. Redigiu todas as cartas com a mesma aplicação que dedicava a seus livros. Escolheu as palavras, da maneira mais justa, para não magoar o destinatário, para fazê-lo sentir o quanto fora importante em sua existência. Ele, que nunca deixara ver nas entrelinhas a intensidade de seus sentimentos, de sua amizade, de seu amor. Tentou se explicar também, mas sem muitas ilusões. Quem compreenderá seu gesto, quem concederá seu perdão? Apenas Friderike, talvez, perceberá o sentido desse ato. Foi a única que algum dia teve a percepção dos tormentos de sua alma.

Eles foram dormir tarde na noite passada. Feder e sua esposa vieram jantar. Foi uma noite deliciosa. Falaram de literatura, de Goethe, de seu *Wilhelm Meister*, que Stefan enfim acabara de ler – e afinal esse romance de Goethe lhe pareceu rígido, afetado, se comparado a *Werther*. Ele e Feder concordaram nesse ponto. Antes que Feder se fosse, Stefan propôs uma partida de xadrez. Perdeu, como sempre. Ele percebeu a surpresa nos olhos de Feder quando lhe devolveu os livros que o amigo lhe emprestara.

– Já os leu?

Seus olhos nunca mais pousariam de novo numa página de livro. Nunca mais seus olhos se abririam para um outro mundo. E também a estranha e luminosa intimidade com o autor, a impressão de ter sido sugado para seu universo, tudo isso estava acabado. Nunca mais a viagem imaginária, a distorção temporal. E nunca mais a euforia de escrever, de saborear os nacos de proezas e paixões grandiosas, de desvendar segredos mágicos e o jogo de transferências, sim, decididamente, esse mundo no meio das palavras fora o único universo onde a vida era tolerável. Virar páginas ou escrevê-las fora o único gesto que realizara sem esforço. Nunca tinha sido capaz de interagir com pessoas como fazia com a escrita. Felizmente, a cortina final ia baixar. Ele havia terminado de representar a sua comédia humana, de interpretar o papel de Stefan Zweig.

Plucki, o seu adorável *fox terrier*, vem lamber sua mão. Acaricia o cãozinho, afaga-lhe o focinho, vai abrir a porta para Plucki poder brincar no jardim. A casa tem de ser esvaziada. O cão corre para fora, latindo. Margarida Banfield cuidaria bem dele? Na carta que lhe deixou, Stefan pedia isso como um favor pessoal. E no mesmo envelope colocou o dinheiro do aluguel de março, já que o contrato de locação ia até o início de abril. Não queria deixar dívidas. Não queria causar o menor inconveniente a ninguém. Ainda assim, seu gesto lançaria seu nome em desonra até a eternidade. Não era preciso ser um gênio para imaginar o que as pessoas diriam a seu respeito. Tinha abandonado os outros à própria dor, cometido um ato de deserção, quando era chegada a hora de dar combate ao inimigo. Ele se mostrou um covarde, quando se esperava dele que fosse um exemplo de heroísmo. Sabia que o acusariam de todos os males. Ficariam indignados com ele. Na melhor das hipóteses, reagiriam com incompreensão. Ele imaginava o desdém de Thomas Mann, a fúria de Bernanos, a tristeza de Jules Romains. Mas o alívio que sentia em seu coração compensava a vergonha, varria seus escrúpulos. Tinha parado de sofrer.

Ele decide se vestir, abre o armário, hesita por um longo momento, por fim pega um terno escuro. Mas depois, como é domingo, opta por algo mais esportivo, uma camisa marrom, uma gravata lisa e bermuda. Vai para o banheiro, barbeia-se cuidadosamente e penteia-se. Diante do espelho, diz a si mesmo que não poderia fazer melhor.

Lotte caminha lentamente ao longo da avenida Koeler. Seu olhar admira as ruas e as paisagens, o rosto dos passantes e o céu acima. Segue em frente, o fôlego curto, exausta por uma noite sem sono. Suas faces estão inundadas de lágrimas, ela quer derramar todas as lágrimas de seu corpo agora, ali na calçada. Ela se prometeu não chorar na frente dele. Passou toda a manhã andando a esmo pela cidade. Seus lábios murmuram palavras que ela é a única a escutar. Dirige uma prece a seu Deus, o Deus de Abraão, de Isaac e Jacó. Profere sua prece com as poucas palavras de hebraico que recorda da infância, quando escutava, seus grandes olhos arregalados, o avô cantar com voz de tenor, na noite do Shabbat. Ela louva seu Deus Eterno, Rei do Universo. Mistura a seu canto hebraico palavras em alemão, para dar um sentido a sua prece. Pede perdão a Deus. Implora o perdão de seu irmão Manfred. Suplica para que Eva viva por muito tempo e feliz, e que o fantasma de sua tia caída em desgraça não lhe venha assombrar as noites.

Lotte atravessa a ponte que abraça o canal, dirige seu olhar para a catedral, pede de novo perdão a Deus, Deus que abandonou os judeus nas mãos de bárbaros, Deus que deixa morrer suas crianças e oferece aos sobreviventes uma vida errante e o exílio. Quando um passante se aproxima, parecendo um pouco intrigado, enxuga o rosto e desvia o olhar. Do outro lado do rio Piabanha, olha para o Palácio de Cristal e revê-se caminhando ao lado de seu marido, desembarcando na cidade. Ouve a voz amada contar-lhe a história desse palácio, o relato do aristocrata que, por amor a sua mulher, construiu esse monumento de vidro e encomendou da Europa as armações de ferro. Ela relembra a voz de seu marido, apenas seis meses antes, contando-lhe essa história do amor de um homem por sua mulher, e eis que hoje é o presente que ele lhe oferece. Tinha jurado não chorar mais. Ela irá com ele, tão alegre e pacificamente quanto caminhava de braço dado com ele nas ruas da cidade. Apoiada em seu ombro, irá para o sombrio desconhecido de onde não se volta mais.

Ela fez uma parada no mercado. Os verdureiros estão arrumando seus produtos, oferecem a ela seus frutos, o que vai levar hoje, madame Zweig? Veja essas goiabas, pegue, estão do jeito que gosta. Ela diz: fica para outra vez, ela voltará amanhã, ou no próximo domingo.

Mas não voltará. Nunca mais o espetáculo do sol banhando a cidade, nunca mais o coração repleto de confidências, esperando uma palavra, um olhar dele, e o êxtase de seus olhos pousados sobre ela, das palavras murmuradas no seu ouvido. Ela está deslumbrada com o espetáculo que vê, ela quer roubar do dia os menores de seus esplendores, carregá-los para sempre em seu coração, ela quer guardar dentro dele os perfumes, os odores, o azul do céu e o verde das matas do outro lado do rio, o canto dos colibris e os gritos das crianças, ela quer ser envolvida pelo calor do sol que torra a cidade neste dia amaldiçoado. Sabe que sentirá frio, sabe que a noite virá, que mais ainda do que aqui o ar irá faltar. Olha em torno de si com os olhos cheios de tristeza e confusão. Ansiava por cruzar o caminho com Feder ou sua esposa, ou com a Sra. Banfield, ou com qualquer um que ficasse comovido com a visão de uma mulher em lágrimas, que pegasse sua mão, a levasse para sua casa, lhe desse de beber, oferecesse um leito, por uma hora ou a noite inteira, e que nunca mais ela regressasse à casa das trevas, lá na rua Gonçalves Dias, 34. Mas as ruas estão vazias neste domingo ao meio-dia, sob o sol causticante, com apenas algumas sombras passando.

Ela volta para casa. À medida que caminha, experimenta a sensação de que o sol declina, o dia se faz mais sombrio, um vento frio começa a soprar. A seu redor faz-se silêncio, até mesmo o canto dos pássaros não soa mais tão estridente, seus olhos enevoados não distinguem mais as cores.

Agora a casa está ao alcance da vista, lá em cima, ao final da pequena ladeira. Ela começa a subir, o ar queimando-lhe os pulmões. Ela se detém a cada quatro ou cinco metros para retomar o fôlego. Seu olhar percorre as imediações e ninguém aparece. É de se acreditar que os habitantes da cidade desapareceram, ou então se esconderam. Ninguém vem em sua ajuda, ninguém surge para salvá-la. Ela poderia gritar por socorro, mas nenhum som sairia de sua boca. Leva a mão às pálpebras, que estão secas porque não tem mais lágrimas para chorar.

Agora está diante da porta. Eleva os olhos para o céu, o céu alto onde o sol resplandece. Inspira uma grande golfada de ar puro, fecha as pálpebras, dirige uma última prece ao Senhor para agradecer por tê-la feito encontrar esse homem, por ter-lhe dado um amor infinito. Ela implora por um último perdão e murmura: o Senhor deu o Senhor toma, que o nome do Senhor seja santificado.

Dois frascos foram preparados e cheios até a borda com pequenos cristais brancos. Um copo vazio estava colocado perto de cada um dos frascos, tendo no meio uma garrafa de Salutaris, a água mineral que costumava acompanhar suas refeições – e era o último copo que beberiam juntos. Como estava banhada em suor, tomou um banho. Depois vestiu uma camisola leve florida, que usava como penhoar em certas noites em que desejava apresentar-se bela e desejável, como hoje.

Ele a contempla saindo do banheiro com um olhar interrogador. Ela faz que sim com a cabeça, com um ligeiro sorriso forçado. Em passadas lentas e incertas, vai se sentar perto dele no leito. Lamenta não ter bebido algum drinque, para sentir-se eufórica nesse instante, mas ele não permitiu, quer enfrentar o momento em plena consciência, com serenidade. Ela dá de ombros. O medo transparece em suas feições. Ele a faz aconchegar-se e beija-a ternamente nos lábios. Depois a fita longamente nos olhos. Vou partir primeiro, diz-lhe. Você me segue... se assim desejar. Ela não consegue conter uma lágrima. Ele relembra a promessa que ela lhe fez. Ela se desculpa e engole os soluços. Ele lhe enxuga as faces e beija-lhe as pálpebras. Murmura em seu ouvido palavras tranquilizadoras para lhe dissipar o medo. Sua aflição é infinita, as lágrimas inesgotáveis. Ele se levanta, dá alguns passos até o móvel onde estão colocados os frascos. Ele volta-se para ela como para ler um sinal de assentimento em seu rosto, ela contém um grito. Adoraria correr até ele, derrubar os frascos e fugir da casa, mas sente-se hipnotizada por seu olhar, como se o veneno já agisse. Ele permanecia estranhamente calmo, o ar tranquilo. Pega um dos frascos, sem que seus dedos tremessem, e despeja os cristais no copo. Em seguida, enche o copo com a água mineral. Ele se volta de novo para ela, que permanece em silêncio, imóvel. No mais profundo desespero ela o encara, horrorizada. Consegue formular uma frase. Ele a ama? Ele diz que sim. Ela encontra forças para ir ficar ao lado dele. Ela tenta imitar-lhe os gestos, mas logo que se apodera do frasco, quase derrama seu conteúdo. Ele lhe segura calmamente a mão e enche o segundo copo.

Estão de pé, face a face, olhos nos olhos. Ele leva seu copo à boca, sem desviar o olhar. Esvazia o copo em três goles, sem se interromper. Diz que vai se deitar. Diz a ela para juntar-se a ele quando estiver pronta. Ele se estende sobre o leito. Ela bebe rapidamente, depois corre para se deitar junto a ele, agarrada a seu ombro.

Ele respira o odor insidioso de seu corpo. Pergunta se ela quer alguma coisa. Ela não consegue lhe responder. Suas lágrimas impedem-na de ver o que quer que seja, mas existe alguma coisa para ser vista? Ele diz que milhares de coisas se amontoam em sua mente. Ao longe, o panorama feérico de um mundo familiar, uma cidade da Europa com ruas brilhantemente iluminadas, onde encontra muitos conhecidos e as pessoas o abraçam. Ele diz que lentamente tudo vai ficando escuro. E ela, o que vê? Ela nada responde. Ele diz que tudo se mistura, o passado e o presente, a luz se torna confusa, ele está num corredor mergulhado na penumbra, reconhece uma silhueta feminina que passa por ele com um leque na mão, o ar altivo, e atravessa o corredor. Ele continua a falar, mas as palavras não se formam mais em sua boca. Ela lhe beija a testa e as pálpebras. As pálpebras estão fechadas. Ele não vê nem escuta mais nada. Ela beija suas têmporas. Ela encosta seus lábios, mas não sente mais o calor da pele em sua boca. Seus próprios lábios estão frios. Estende as mãos para ele, mas elas estão tão frias como se estivessem mergulhadas em gelo. Com a ponta dos dedos ela toca o ombro dele. Mas seus braços estão pesados. As forças abandonam-na. Ele está fora de seu alcance e de sua visão. Seus olhos só distinguem os contornos de uma sombra a seu lado. A sombra desfaz-se na escuridão, mergulha nas trevas. O dia torna-se noite. A terra está sem forma e vazia. Ela o acompanha no abismo. E o sopro do vento, agitando as cortinas através da janela, paira sobre esse abismo.

Este romance baseia-se em fatos reais e acontecimentos históricos extraídos de arquivos da época, testemunhos e documentos. As declarações e reflexões de certas personagens são fielmente baseadas nas correspondências, diários, artigos e livros dos protagonistas.

Eis uma bibliografia seletiva dos documentos utilizados na elaboração desta obra de ficção:

Stefan Zweig, *Jornaux (1912-1940)*, Belfond, 1986.

Stefan Zweig, *Correspondances*, 3 volumes, 1897-1919; 1920-1931; 1932-1942, Grasset, 2008.

Stefan Zweig, *Le Monde d'hier*, Belfond, 1999.

Friderike e Stefan Zweig. *L'Amour inquiet*, Éditions des Femmes, 1987.

Stefan Zweig, *Oeuvre compléte*, La Pochotèque, 3 volumes, Le Livre de Poche, 2001.

Serge Niemetz, *Stefan Zweig, Le voyageur et ses mondes*, Belfond, 1999.

Donald Prater, *Stefan Zweig*, La Table Ronde, 1988.

Robert Dumont, *Stefan Zweig et la France*, Didier, 1967.

George Bernanos, *Brésil, terre d'amitié*, La Table Ronde, 2009.

Sébastien Lapaque, *Sous le soleil de l'exil, Georges Bernanos au Brésil*, Grasset, 2003.

Arthur Schnitzler, *Autobiographie*, Hachette, 1987.

Klaus Mann, *Le Tournant*, Babel, 2008.

Hannah Ahrendt, "Les Juifs dans le monde d'hier", in *La tradition cachée*, Bourgois, 1987.

Clara George, *Dernière Valse à Vienne, la destruction d'une famille*, 1842-1942, Payot, 1986.

Wlliam Johnston, *L'Esprit viennois*, PUF, 1985.

Este livro foi diagramado utilizando a fonte Minion Pro e
impresso pela Gráfica Rotaplan, em papel polén 70 g/m² e
a capa em papel cartão 250 g/m².